Elias Lopes Esteves de Souza
Vera Maria Leite de Souza
Mary Lopes Esteves Frizanco

Educação para o Trânsito nas escolas
em Libras

Ciranda Cultural

© 2011 desta edição:
Ciranda Cultural Editora e Distribuidora Ltda.
Rua Frederico Bacchin Neto, 140 – cj. 06
Parque dos Príncipes – 05396-100
São Paulo – SP – Brasil
Direção geral: Clécia Aragão Buchweitz
Coordenação editorial: Jarbas C. Cerino
Assistente editorial: Elisângela da Silva
Coordenação do projeto: Clécia Aragão Buchweitz
Autores: Elias Lopes Esteves de Souza, Mary Lopes Esteves Frizanco
e Vera Maria Leite de Souza
Preparação: Michele de Souza Lima
Revisão: Michele de Souza Lima e Daniel Dias
Projeto gráfico: Fernando Gouvea e Fernando Nunes
Diagramação: Fernando Gouvea e Ana Carolina de Morais
Ilustrações: Paulo Edson Moura e Lie Kobayashi

Dados Internacionais de Catalogação na Publicação (CIP)
(Câmara Brasileira do Livro, SP, Brasil)

Souza, Elias Lopes Esteves de
  Educação para o trânsito nas escolas em libras :
ensino médio / Elias Lopes Esteves de Souza,
Vera Maria Leite de Souza, Mary Lopes Esteves
Frizanco. -- São Paulo : Ciranda Cultural,
2011.

  ISBN 978-85-380-1841-4

  1. Língua Brasileira de Sinais 2. Trânsito -
Educação (Ensino médio) 3. Trânsito - Segurança -
Estudo e ensino I. Souza, Vera Maria Leite de.
II. Frizanco, Mary Lopes Esteves. III. Título.

11-11915   CDD-373.07

Índices para o catálogo sistemático:
1. Educação para o trânsito nas escolas em
   libras : Ensino médio   373.07

1ª Edição
www.cirandacultural.com.br

Todos os direitos reservados. Nenhuma parte desta publicação pode ser reproduzida, arquivada em sistema de busca ou transmitida por qualquer meio, seja ele eletrônico, fotocópia, gravação ou outros, sem prévia autorização do detentor dos direitos, e não pode circular encadernada ou encapada de maneira distinta àquela em que foi publicada, ou sem que as mesmas condições sejam impostas aos compradores subsequentes.

OS AUTORES

Elias Lopes Esteves de Souza, nascido em São Paulo em 12/12/1963, foi policial militar durante 27 anos e a partir de 2009 passou a dedicar-se e especializar-se em trânsito, fazendo cursos para diretor de ensino de CFC "B"; diretor geral de CFC "B"; examinador de trânsito e instrutor de trânsito, credenciando-se, também, para o transporte de produtos perigosos e transporte de emergência. Atualmente cursa Pedagogia no Centro Universitário Claretiano de Rio Claro / SP e leciona no Centro de Formação de Condutores "A" Aliança, em Itirapina / SP, para os cursos de Primeira Habilitação, Reciclagem de Condutores e Renovação de Carteira Nacional de Habilitação.

Vera Maria Leite de Souza, nascida em Charqueada / SP, em 15/07/1967, é mãe de dois filhos (Elias Jr. e Eduardo). Graduou-se em Direito na Universidade Metodista de Piracicaba, em 1991. A partir de 2009 dedicou-se e especializou-se em trânsito, fazendo cursos para diretora de ensino de CFC "A e B"; diretora geral de CFC "A e B"; examinadora de trânsito e instrutora de trânsito. Credenciou-se, também, para o transporte de produtos perigosos e transporte de emergência. Atualmente é proprietária e diretora de ensino do Centro de Formação de Condutores "A" Aliança, na cidade de Itirapina / SP.

Mary Lopes Esteves Frizanco, nascida em Santo André, é casada e mãe de dois filhos. Decidiu ser professora cedo, aos 5 anos de idade, e já se interessava pela questão das deficiências. É formada em Pedagogia e Psicopedagogia Clínica e Institucional pela UNIA e Psicopedagogia da Educação Especial pela Universidade Metodista. Fez seu primeiro curso de LIBRAS pelo interesse em conhecer esta nova forma de comunicação. Atualmente é professora universitária e de inclusão na rede municipal de Santo André. Trabalha com formação e acompanhamento de professores, é escritora de livros pedagógicos e colaboradora em uma revista com o tema de inclusão de pessoas com deficiência.

PREFÁCIO

A legislação de trânsito no Brasil não é recente.

Através do Código de Trânsito Brasileiro (CTB) são ditadas todas as normas de conduta para todos os usuários das vias, conduzindo veículos automotores ou não.

Essa legislação também fornece subsídios e diretrizes para a engenharia de tráfego, normatizando e regulamentando as sinalizações e as vias abertas ao trânsito em todo o território nacional.

O Código de Trânsito Brasileiro foi reformulado em 23 de setembro de 1997, através da Lei nº 9.503, trazendo mudanças drásticas quanto à imposição de penalidades aos condutores infratores.

Mas o mais importante foi o destaque dado à busca incessante pela criação de uma consciência educativa para o trânsito, na qual se almeja que desde a mais tenra idade este assunto seja abordado nas escolas, criando uma consciência de respeito, cortesia, tolerância e educação no trânsito.

Junto à necessidade de inclusão do deficiente auditivo nessa matéria – não só em sala de aula de ouvintes, mas também na sua inclusão no trânsito como pedestre, passageiro e motorista – há a necessidade de transmitir-lhe os conhecimentos das leis e normas de trânsito.

Devido a isto, esta obra também foi traduzida para a Língua Brasileira de Sinais (LIBRAS), a fim de que esses cidadãos, professores e instrutores de trânsito de todo o Brasil desfrutem e possam ter uma ferramenta de auxílio para a transmissão desses conhecimentos, tanto para ouvintes quanto para os surdos.

AGRADECIMENTOS

Elias Lopes Esteves de Souza

Agradeço aos meus filhos Elias Júnior e Eduardo, os quais sempre foram exemplos de filhos. À minha esposa, Vera, pelo seu eterno amor, apoio e cumplicidade. Aos meus pais Herculano e Maria, meus exemplos de vida, pelo amor e educação que me foram dados.

Vera Maria Leite de Souza

Agradeço ao meu pai, Acácio, que foi meu primeiro professor; quem me ensinou a ler e escrever (saudades). Minha mãe Zinha que está sempre ao meu lado me incentivando. Aos meus filhos amados Elias Júnior e Eduardo e esposo, Elias, que sempre estão comigo em todos os momentos.

Mary Lopes Esteves Frizanco

A Deus, que sempre norteia o meu caminho e abençoa todos os meus passos.
Aos meus pais, Herculano e Maria, por fazerem de tudo para eu alcançar os meus sonhos e realizá-los e por serem meus pais.
À minha irmã Miriam, que colabora comigo cuidando dos meus filhos quando preciso estar ausente. Você é especial para nós.
Aos meus irmãos Manoel e Elias.
Ao Elias e a Vera, obrigado por aceitarem o convite e podermos estar juntos construindo este trabalho.
Ao meu marido Flávio, que compartilha comigo tantos anos de casamento.
Aos meus filhos Murilo e Mariana, os grandes presentes que Deus me concedeu na vida.
À minha nova filha, Tamires, pois este também foi um presente de Deus.

SUMÁRIO

INTRODUÇÃO 15
CAPÍTULO I – LEGISLAÇÃO DE TRÂNSITO 17
Sistema Nacional de Trânsito (SNT) 19
Normas de circulação e conduta 20
Classificação das vias e suas velocidades permitidas 22
Classificação dos veículos... 22
Segurança dos veículos... 25
Habilitação.. 27
Infrações.. 31
Crimes de trânsito.. 55
Anexo I do CTB (Definições) 56
Sinalização de trânsito.. 84
    Tipos de sinalização 84
    Placas de regulamentação 85
    Placas de advertência.. 99
    Sinalização especial de advertência 116
    Placas de identificação..117
    Placas de serviços auxiliares...119
    Placas de atrativos turísticos 123
    Sinalização horizontal: linhas..130
    Marcas de canalização 131
    Sinalização horizontal: setas direcionais e símbolos 131
    Dispositivos auxiliares 133
    Sinalização semafórica de regulamentação 136
    Gestos dos agentes da autoridade de trânsito 138
    Gestos dos condutores 140

CAPÍTULO II – DIREÇÃO DEFENSIVA 143
Condições adversas 145
    Condições adversas de iluminação 145
    Condições adversas de tempo 147
    Condições adversas de via 149
    Condições adversas de trânsito 150
    Condições adversas do veículo 150

- Condições adversas de passageiros 152
- Condições adversas de condutor 153
- Condições adversas de carga 153
- Dicas para direção em situações adversas 154
- Elementos básicos de direção defensiva 156
- Acidentes 159
  - Tipos de acidentes 160
  - Como evitar 161
- Atitudes seguras no trânsito 164
  - O cinto de segurança 166
  - Tipos de cinto de segurança 166
  - Uso de cinto de segurança por gestantes 168
- Maneira correta de dirigir o veículo 170
- Direção defensiva na condução de motocicletas e outros veículos 171
- Maneira correta de guiar 173
- Condução em vias urbanas e rodovias 174
- Ponto cego 177
  - Visibilidade dos veículos 177

CAPÍTULO III – PRIMEIROS SOCORROS 179
- Distância para sinalização em local de acidente 182
- O que saber para acionar o socorro 183
- Avaliação primária da vítima 185
- Avaliação secundária da vítima 187
- Possíveis complicações 189
  - Trauma na coluna vertebral 196
  - Queimaduras 200
  - Ferimentos 201
  - Envenenamento ou intoxicação 203
  - Socorro à vítima de acidente com suspeita ou certeza de possuir o vírus da aids 204
- Prevenção de Incêndios 205
  - Conceito de fogo 205
  - Métodos de extinção do fogo 206
  - Classes de incêndio 207
  - Extintores de incêndio 208
  - Dicas 208
  - Prevenção de incêndio em veículos 209
  - Cuidados com o abastecimento de gás natural veicular (GNV) 209

CAPÍTULO IV – MECÂNICA BÁSICA 211
Breve histórico do motor a explosão 211
Veículos automotores 212
    Painel de instrumentos do automóvel 221
    Sistema de transmissão 222
    Sistema de direção 223
    Direção hidráulica 224
    Sistema de suspensão 224
    Sistema de freios 225
    Sistema de rodagem 226
    Air bag – em português, bolsa de ar 228
Motocicletas 228
    Sistema de transmissão 228
    Sistema de suspensão 228
    Partida do motor 228
    Componentes quentes 229
    Diagnóstico de defeitos 229

CAPÍTULO V – MEIO AMBIENTE E CIDADANIA 231
Meio ambiente 231
    Consequências da poluição por gases emitidos por veículos automotores 235
    Poluição do solo e das vias 237
    Poluição sonora no trânsito 238
    Poluição das águas 238
    Manutenção preventiva dos veículos 239
Cidadania 240
    O cadeirante e o trânsito 241
    Acessibilidade e respeito 242
    Deficiência visual 242
    Deficiência auditiva 243
    Símbolos usados internacionalmente 243
    Rodízio de veículos 243

EXERCÍCIOS 245

INTRODUÇÃO

Este livro baseia-se na atual legislação de trânsito, sendo assim, pode ser direcionado aos cursos de Primeira Habilitação, Reciclagem de Condutores Infratores ou para os motoristas que tenham necessidade de renovar sua Carteira Nacional de Habilitação, podendo ser adotado pelos Centros de Formação de Condutores (antigas Autoescolas).

Entretanto, o foco principal é o ensino das leis de trânsito em sala de aula, tanto nas escolas da rede pública (Estado ou Município) quanto da rede particular. Esse tipo de ensino já é previsto nos artigos 74 a 79 do Código de Trânsito Brasileiro (CTB); mais precisamente no artigo 76 preconiza-se que: "A Educação para o trânsito será promovida na pré-escola e nas escolas de 1º, 2º e 3º graus, por meio de planejamento e ações coordenadas entre os órgãos e entidades do Sistema Nacional de Trânsito e de Educação, da União, dos Estados, do Distrito Federal e dos Municípios, nas respectivas áreas de atuação".

Esta obra traz como diferencial a temática voltada às pessoas com deficiência auditiva, pois elas também precisam conhecer as normas e regras de trânsito.

Com atividades adaptadas às suas necessidades, os alunos com deficiência poderão se inteirar de como funciona o trânsito e como proceder, seja na posição de pedestres, passageiros ou motoristas.

A intenção é que os jovens e adultos conheçam, respeitem e participem de um trânsito solidário, cortês e tolerante. Com isso desejamos no futuro vislumbrar uma sociedade mais educada e pacífica no trânsito, em que todos conheçam seus direitos, deveres e principalmente se respeitem, independentemente se como motoristas, passageiros ou pedestres; praticando assim a verdadeira "Cidadania".

CAPÍTULO I

LEGISLAÇÃO DE TRÂNSITO

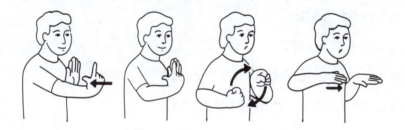

As regras de trânsito no Brasil foram reformuladas e atualizadas em 23 de setembro de 1997, surgindo assim o Código de Trânsito Brasileiro (CTB), conforme a Lei n° 9.503. Tal regulamento trata de assuntos como: circulação e conduta; pedestres e condutores de veículos não motorizados; cidadania; sinalização; engenharia de tráfego; fiscalização e policiamento de trânsito; veículos em circulação no âmbito internacional; registro; licenciamento; condução de veículos escolares; habilitação; infrações e penalidades; medidas administrativas; processo administrativo e crimes de trânsito.

O código é dividido em dois anexos, que são:

- Anexo I – que apresenta todas as definições do trânsito;
- Anexo II – trata de toda a sinalização do trânsito.

Apesar do Código Nacional de Trânsito ser o documento que rege o trânsito brasileiro, assessorado por Resoluções, Portarias, etc., ele está subordinado à Constituição Federal, que é a lei magna de nosso país.

CONHECENDO O CÓDIGO DE TRÂNSITO BRASILEIRO

- Disposições Preliminares: artigo 1º ao 4º
- Sistema Nacional de Trânsito: artigo 5º ao 25º
- Normas Gerais de Circulação e Conduta: artigo 26º ao 67º
- Pedestres e Condutores de Veículos Não Motorizados: artigo 68º ao 71º
- Cidadão: artigo 72º ao 73º
- Educação para o Trânsito: artigo 74º ao 79º
- Sinalização de Trânsito: artigo 80º ao 90º
- Engenharia de Tráfego, Operação, Fiscalização e Policiamento Ostensivo de Trânsito: artigo 91º ao 95º
- Veículos: artigo 96º ao 102º
- Segurança dos Veículos: artigo 103º ao 113º
- Identificação do Veículo: artigo 114º ao 117º
- Veículos em Circulação Internacional: artigo 118º e 119º
- Registro de Veículos: artigo 120º ao 129º
- Licenciamento: artigo 130º ao 135º
- Condução de Escolares: artigo 136º ao 139º
- Habilitação: artigo 140º ao 160º
- Infrações: artigo 161º ao 255º
- Penalidades: artigo 256º ao 268º
- Medidas Administrativas: artigo 269º ao 279º
- Processo Administrativo: artigo 280º
- Julgamento das Autuações e Penalidades: artigo 281º ao 290º
- Crimes de Trânsito: artigo 291º ao 312º
- Disposições Finais e Transitórias: artigo 313º ao 341º

Conforme preceitua o artigo 1º, parágrafos 1º e 2º, do CTB:

Trânsito é "a utilização das vias por pessoas, veículos e animais, isolados ou em grupos, conduzidos ou não, para fins de circulação, parada, estacionamento e operação de carga e descarga".

"... em condições seguras, é um direito de todos e dever dos órgãos e entidades componentes do Sistema Nacional de Trânsito, a estes cabendo, no âmbito das respectivas competências, adotar as medidas destinadas a assegurar esse direito."

SISTEMA NACIONAL DE TRÂNSITO (SNT)

O Sistema Nacional de Trânsito (SNT) é um conjunto de órgãos ou entidades do país (Estados, Distrito Federal e municípios) que tem por objetivo promover a **defesa da vida, preservação da saúde** e do **meio ambiente.**

O Sistema Nacional de Trânsito é dividido em:

- **Órgãos normativos:** confeccionam as resoluções e portarias. São eles:
  CONTRAN: Conselho Nacional de Trânsito;
  CETRAN: Conselho Estadual de Trânsito;
  CONTRANDIF: Conselho de Trânsito do Distrito Federal.
- **Órgãos executivos:** executam as resoluções e portarias emanadas dos órgãos normativos. Eles são divididos em três esferas:

Esfera federal:

DENATRAN: Departamento Nacional de Trânsito;

DNIT: Departamento Nacional de Infraestrutura Terrestre;

PRF: Polícia Rodoviária Federal.

Esfera estadual:

DETRAN: Departamento Estadual de Trânsito;

CIRETRAN: Circunscrição Regional de Trânsito (tem a mesma função do Detran, mas tem jurisdição em outros municípios que não o da cidade de São Paulo);

DER: Departamento de Estradas de Rodagem;

PM: Polícia Militar dos Estados ou Polícia Militar do Distrito Federal (policiamento ostensivo motorizado ou a pé; batalhões de trânsito e Polícia Rodoviária).

Esfera municipal:

DEMUTRAN: Departamento Municipal de Trânsito;

JARI: Junta Administrativa de Recursos de Infração.

As competências de que trata este item estão nos artigos 5º a 25º do CTB.

NORMAS DE CIRCULAÇÃO E CONDUTA

Em resumo, as normas gerais de circulação viária e da conduta dos motoristas são:

- verificar as boas condições do veículo que irá dirigir;
- ter domínio de seu veículo;
- dirigir com atenção;
- circular pelo lado direito da via;
- manter distância de segurança lateral e frontal;
- dar a preferência para o fluxo em rodovias, em rotatórias e nos cruzamentos aos veículos que vierem do lado direito;
- em vias que houver várias faixas de rolamento, manter-se em faixas que deem passagem a outros veículos com velocidade superior;
- não circular em calçadas ou acostamentos, salvo os casos em que for adentrar imóveis ou estacionamentos.

Lembrando que:

- veículos com batedores terão prioridade de passagem;
- os veículos de emergência, fiscalização e operação gozam de livre circulação, estacionamento ou parada, desde que devidamente sinalizados – o mesmo ocorre com veículos prestadores de serviço nas vias;

- a ultrapassagem deve sempre ser feita pela esquerda – sendo que quando for realizar uma ultrapassagem, o condutor deverá certificar-se da segurança para esse ato e sinalizá-lo;

- trens têm precedência de passagem sobre os veículos automotores;

- os veículos de maior porte são responsáveis pela segurança dos menores, os motorizados pelos não motorizados, e todos responsáveis pela segurança dos pedestres;

- o condutor do veículo que estiver sendo ultrapassado deverá auxiliar o outro motorista para que seja realizada uma manobra segura;

- é importante reduzir a velocidade quando for ultrapassar veículo de passageiro quando em desembarque;

- não realizar ultrapassagens em vias com duplo sentido, pista única, em curvas e aclives sem visibilidade, passagens de nível, pontes, viadutos, passagens de pedestres;

- é preciso indicar suas manobras com a luz indicadora de direção (seta) ou com gestos;

- usar luz baixa do veículo durante a noite ou em túneis, neste caso mesmo durante o dia;

- em situações de chuva deve-se manter os faróis acesos;

- o pisca-alerta só poderá ser acionado para indicar imobilização do veículo;

- somente usar a buzina brevemente para advertências necessárias a fim de evitar acidentes;

- não se deve frear bruscamente;

- é preciso ser prudente ao aproximar-se de cruzamentos;

- quando, por emergência, parar em acostamento, é necessário indicar a parada e fazer uso de sinalização de advertência (triângulo);

- não se deve deixar a porta aberta quando desembarcar do veículo.

- Em relação aos condutores de motocicletas:

- circularão com capacete, segurando o guidom com as duas mãos, usando vestuários especificados pelo Contran – da mesma forma, os passageiros das motocicletas, motonetas ou ciclomotores.

É importante ressaltar que motocicletas e outros devem sempre trafegar pela direita, o cinto de segurança é um item obrigatório e as crianças devem ser transportadas no banco traseiro, acrescido da necessidade de cadeirinhas e bancos de elevação.

CLASSIFICAÇÃO DAS VIAS E SUAS VELOCIDADES PERMITIDAS

As vias abertas ao trânsito classificam-se em:

I) VIAS URBANAS

1) Trânsito rápido (80 km/h);
2) Arterial (60 km/h);
3) Coletora (40 km/h);
4) Local (30 km/h).

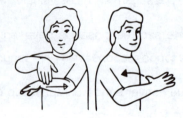

II) VIAS RURAIS

1) Rodovias (110 km/h – automóveis, camionetas e motocicletas; 90 km/h para ônibus e micro-ônibus e 80 km/h para os demais veículos);
2) Estradas (60 km/h).

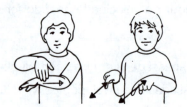

CLASSIFICAÇÃO DOS VEÍCULOS

I) TRAÇÃO

1) automotor;
2) elétrico;
3) de propulsão humana;
4) de tração animal;
5) reboque ou semirreboque.

II) ESPÉCIE

1) De passageiros:

   a) bicicleta;
   b) ciclomotor;
   c) motoneta;
   d) motocicleta;
   e) triciclo;
   f) quadriciclo;
   g) automóvel;
   h) micro-ônibus;
   i) ônibus;
   j) bonde;
   k) reboque ou semirreboque;
   l) charrete.

2) De carga:

   a) motoneta;
   b) motocicleta;
   c) triciclo;
   d) quadriciclo;
   e) caminhonete;
   f) caminhão;
   g) reboque ou semirreboque;
   h) carroça;
   i) carro de mão.

3) Misto:

   a) camioneta;
   b) utilitário; etc.

4) De competição;

5) De tração:

   a) caminhão-trator;
   b) trator de rodas;
   c) trator de esteiras;
   d) trator misto.

6) Especial;

7) De coleção.

III) CATEGORIA

1) Oficial;

2) De representação diplomática, de repartições consulares de carreira ou organismos internacionais acreditados junto ao Governo brasileiro;

3) Particular;

4) De aluguel;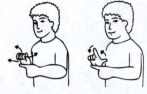

5) De aprendizagem;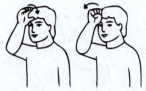

6) De coleção;

7) Missão diplomática;

8) Fabricante / experiência.

SEGURANÇA DOS VEÍCULOS

Todo e qualquer veículo somente poderá trafegar nas vias quando atendidas todas as normas e condições de segurança. Nesse item incluem-se também dispositivos de controle de emissão de gases poluentes e ruídos.

Os equipamentos de segurança de uso obrigatório são:

• Cinto de segurança;	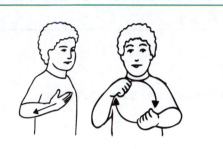
• Bebê conforto, cadeirinhas e assento de elevação (quando houver necessidade de transporte de bebês e crianças);	

- Espelhos retrovisores;

- Extintor de incêndio;

- Indicadores de direção (setas);

- Lanternas, faróis e luzes de freios.

Para que o condutor tenha uma boa visibilidade dos vidros dianteiro, laterais e traseiro, não se deve:

- Usar cortinas ou persianas fechadas em veículos em movimento;

- Aplicar inscrições, desenhos e películas, refletivas ou não, que desobedeçam a regulamentação do Contran, a fim de que o condutor tenha uma visão periférica perfeita do que ocorre ao seu redor;

- Usar desenhos ou inscrições de caráter publicitário, para não tirar a atenção dos demais motoristas.

HABILITAÇÃO

São requisitos para uma pessoa se habilitar para condução de veículos automotores:

- Ser penalmente imputável (responder criminalmente por seus atos);

- Saber ler e escrever (não basta "desenhar" seu nome);

- Possuir Carteira de Identidade ou equivalente.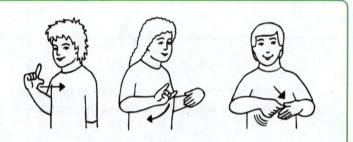

O candidato a condutor deve submeter-se a:

- Exame de aptidão física e mental;

- Exame de avaliação psicológica;

- Aulas de legislação de trânsito, direção defensiva, meio ambiente, cidadania, primeiros socorros e mecânica básica. Exame teórico;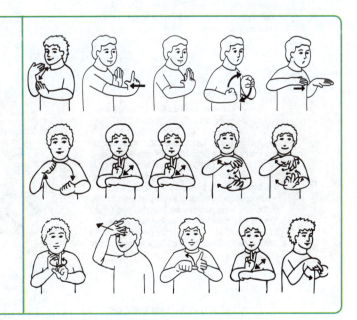

- Por fim, aulas de direção veicular em via pública. Exame prático.

Após concluídas todas essas etapas, o candidato fará ainda a prova prática e, sendo aprovado, terá **Permissão para Dirigir** (PPD) com validade de um ano. Passado esse período, se o recém-habilitado não tiver sofrido nenhuma infração de natureza gravíssima, grave ou seja reincidente em infrações de natureza média, receberá sua **Carteira Nacional de Habilitação** (CNH) definitiva.

CATEGORIAS EM QUE PODE SE HABILITAR

CATE-GORIA	ESPECIFICAÇÕES	VEÍCULO	REQUISITOS
A	Todos os veículos automotores e elétricos de duas ou três rodas, com ou sem carro lateral.	Motocicletas; ciclomotores; triciclos (quaisquer cilindradas)	O candidato deverá preencher os requisitos para a 1ª habilitação e passar pelas etapas dos exames.
B	Veículos automotores e elétricos de quatro rodas, cujo peso bruto total não exceda a 3.500 quilogramas e a lotação não exceda a oito lugares, excluindo o do motorista, contemplando a combinação de unidade acoplada, reboque, semirreboque ou articulada, desde que atenda à lotação e capacidade de peso para a categoria. (Redação alterada pela Lei nº 12.452/2011 –...categoria B autorizado a conduzir veículo automotor da espécie motor-casa, definida nos termos do Anexo I deste Código, cujo peso não exceda a 6.000 kg (seis mil quilogramas), ou cuja lotação não exceda a 8 (oito) lugares, excluído o do motorista).	Automóveis	O candidato deverá preencher os requisitos para a 1ª habilitação e passar pelas etapas dos exames.
C	Todos os veículos automotores e elétricos utilizados em transporte de carga, cujo peso bruto total exceda a 3.500 quilogramas; combinação de unidade acoplada, reboque, semirreboque ou articulada não exceda a 6 mil quilogramas de peso bruto total e todos os veículos da categoria "B".	Tratores; máquinas agrícolas e de movimentação de carga; motocasa; caminhões ("toco" e "truck")	Ser habilitado, no mínimo, há um ano na categoria "B"; Passar pelos exames previstos para alteração de categoria.
D	Veículos automotores e elétricos utilizados no transporte de passageiros, cuja lotação exceda a oito lugares; e todos os veículos abrangidos nas categorias "B" e "C".	Ônibus; micro-ônibus e vans	Ser maior de 21 anos; Estar habilitado, no mínimo, há dois anos na categoria "B" ou, no mínimo, há um ano na categoria "C"; Não ter cometido infrações de natureza gravíssima, grave ou ser reincidente em infrações médias nos últimos 12 meses.
E	Condutor de combinação de veículos em que a unidade tratora se enquadre nas categorias B, C ou D e cuja unidade acoplada, reboque, semirreboque, trailer ou articulada tenha 6.000 kg (seis mil quilogramas) ou mais de peso bruto total, ou cuja lotação exceda a 8 (oito) lugares. (Redação dada pela Lei nº 12.452, de 2011)	Carretas; ônibus articulados; caminhões "bitrem" e treminhões 	Ser maior de 21 anos; Estar habilitado, no mínimo, há um ano na categoria "C"; Não ter cometido infrações de natureza gravíssima, grave ou ser reincidente em infrações médias nos últimos 12 meses.

INFRAÇÕES

Infrações de trânsito são a inobservância das normas de circulação, da boa conduta, do respeito aos outros motoristas e aos pedestres.

As **penalidades** são aplicadas pelas autoridades de trânsito e dividem-se em:

- Multas;

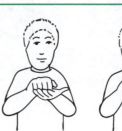

- Advertência por escrito;

- Suspensão do direito de dirigir;

- Apreensão do veículo;

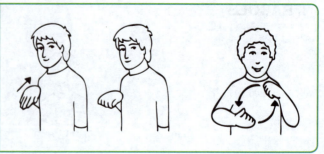

- Cassação da CNH;

- Cassação da PPD;

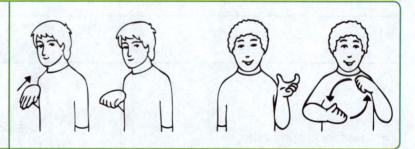

- Frequência em cursos de reciclagem.

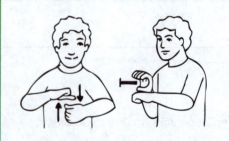

As **medidas administrativas**, ou seja, as providências adotadas pelos agentes de trânsito são:

- Retenção do veículo;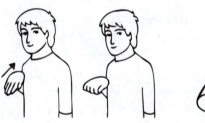

- Remoção do veículo;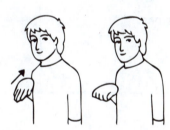

- Recolhimento do documento de habilitação (CNH ou PPD);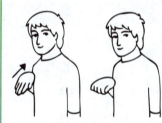

- Recolhimento do Certificado de Registro e Licenciamento;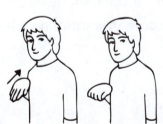

- Transbordo do excesso de carga;

- Realização de novos exames.

A fim de que os condutores de veículos automotores respeitem as regras de trânsito, foram criadas formas de penalidades previstas no Código de Trânsito Brasileiro, as quais são:

NATUREZA DA INFRAÇÃO	PONTOS	VALORES EM REAIS
Gravíssima	07	R$ 191,54
Grave	05	R$ 127,69
Média	04	R$ 85,13
Leve	03	R$ 53,20

Caso o motorista atinja 20 pontos no período de 12 meses, terá sua Carteira Nacional de Habilitação (CNH) suspensa de 1 a 12 meses.

Se for reincidente dentro desse período, a CNH poderá ser suspensa de 6 a 24 meses.

TABELA DE INFRAÇÕES

Legenda:

CNH Carteira Nacional de Habilitação

PPD Permissão para Dirigir

Medida adm. Medida administrativa

Multa 3x/5x

INFRAÇÕES GRAVÍSSIMAS – CTB	ART.	PENALIDADES	VALOR
Dirigir veículo sem CNH ou PPD.	162-I	Multa 3x e apreensão do veículo.	R$ 574,62
Dirigir veículo com CNH ou PPD cassada ou com suspensão do direito de dirigir.	162-II	Multa 5x e apreensão do veículo.	R$ 957,70
Dirigir veículo com CNH ou PPD de categoria diferente da do veículo que esteja conduzindo. Medida adm.: Recolhimento do documento de habilitação.	162-III	Multa 3x e apreensão do veículo.	R$ 574,62
Dirigir com a validade da CNH vencida há mais de 30 dias. Medida adm.: Recolhimento da CNH e retenção do veículo até a apresentação de condutor habilitado.	162-V	Multa	R$ 191,54
Dirigir sem usar lentes corretoras de visão, aparelho auxiliar de audição, de prótese física ou as adaptações do veículo impostas por ocasião da concessão ou da renovação da licença para conduzir. Medida adm.: Retenção do veículo até a eliminação da irregularidade ou apresentação de condutor habilitado.	162-VI	Multa	R$ 191,54
Entregar a direção do veículo a pessoa que não possua CNH ou PPD. Medida adm.: Recolhimento do documento de habilitação.	163	Multa 3x e apreensão do veículo.	R$ 574,62
Entregar a direção do veículo a pessoa com CNH ou PPD cassada ou com suspensão do direito de dirigir. Medida adm.: Recolhimento do documento de habilitação.	163	Multa 5x e apreensão do veículo.	R$ 957,70

Infração	Art.	Penalidade	Valor
Entregar a direção do veículo a pessoa com CNH ou PPD de categoria diferente da do veículo que esteja dirigindo. Medida adm.: Recolhimento do documento de habilitação.	163	Multa 3x e apreensão do veículo.	R$ 574,62
Entregar a direção do veículo a pessoa com validade da CNH vencida há mais de 30 dias. Medida adm.: Recolhimento do documento de habilitação.	163	Multa.	R$ 191,54
Entregar a direção do veículo a pessoa que esteja sem lentes corretoras de visão, aparelho auxiliar de audição, de prótese física ou adaptações do veículo imposta por ocasião da concessão ou renovação da licença para conduzir. Medida adm.: Recolhimento do documento de habilitação.	163	Multa.	R$ 191,54
Permitir que tome posse do veículo automotor e passe a conduzi-lo na via a pessoa que não possua CNH ou PPD. Medida adm.: Recolhimento do documento de habilitação.	164	Multa 3x e apreensão do veículo.	R$ 574,62
Permitir que tome posse do veículo automotor e passe a conduzi-lo na via a pessoa com a CNH ou PPD cassada ou com suspensão do direito de dirigir. Medida adm.: Recolhimento do documento de habilitação.	164	Multa 5x e apreensão do veículo.	R$ 957,70
Permitir que tome posse do veículo automotor e passe a conduzi-lo na via a pessoa com CNH ou PPD com categoria diferente da do veículo que esteja dirigindo. Medida adm.: Recolhimento do documento de habilitação.	164	Multa.	R$ 191,54
Permitir que tome posse do veículo automotor e passe a conduzi-lo na via a pessoa com validade da CNH vencida há mais de 30 dias. Medida adm.: Recolhimento do documento de habilitação.	164	Multa.	R$ 191,54

Infração	Artigo	Penalidade	Valor
Permitir que tome posse do veículo automotor e passe a conduzi-lo na via a pessoa que esteja sem lentes corretoras de visão, aparelho auxiliar de audição, de prótese física ou as adaptações do veículo imposta por ocasião da concessão ou renovação da licença para dirigir. Medida adm.: Recolhimento do documento de habilitação.	164	Multa.	R$ 191,54
Transportar crianças em veículos automotores sem observância das normas de segurança especiais do CTB. Medida adm.: Retenção do veículo até que a irregularidade seja sanada.	168	Multa.	R$ 191,54
Disputar corrida por espírito de emulação. Medida adm.: Recolhimento do documento de habilitação e remoção do veículo.	173	Multa 3x, suspensão do direito de dirigir e apreensão do veículo.	R$ 574,62
Promover, na via, competição esportiva, eventos organizados, exibição e demonstração de perícia em manobra de veículo, ou deles participar como condutor, sem permissão da autoridade de trânsito com circunscrição sobre a via. Medida adm.: Recolhimento do documento de habilitação e remoção do veículo.	174	Multa 5x, suspensão do direito de dirigir e apreensão do veículo.	R$ 957,70
Deixar o condutor envolvido em acidente com vítima de prestar ou providenciar socorro, podendo fazê-lo. Medida adm.: Recolhimento do documento de habilitação.	176-I	Multa 5x e suspensão do direito de dirigir.	R$ 957,70
Deixar o condutor envolvido em acidente com vítima de adotar providências, podendo fazê-lo no sentido de evitar perigo para o trânsito no local. Medida adm.: Recolhimento do documento de habilitação.	176-II	Multa 5x e suspensão do direito de dirigir.	R$ 957,70
Deixar o condutor envolvido em acidente com vítima de preservar o local, de forma a facilitar os trabalhos da polícia e da perícia. Medida adm.: Recolhimento do documento de habilitação.	176-III	Multa 5x e suspensão do direito de dirigir.	R$ 957,70

Infração	Art.	Penalidade	Valor
Deixar o condutor envolvido em acidente com vítima de adotar providências para remover o veículo do local, quando determinado por policial ou agente da autoridade de trânsito. Medida adm.: Recolhimento do documento de habilitação.	176-IV	Multa 5x e suspensão do direito de dirigir.	R$ 957,70
Deixar o condutor envolvido em acidente com vítima de identificar-se ao policial e lhe prestar informações necessárias à confecção do Boletim de Ocorrência. Medida adm.: Recolhimento do documento de habilitação.	176-V	Multa 5x e suspensão do direito de dirigir.	R$ 957,70
Estacionar o veículo na pista de rolamento das estradas, das rodovias, das vias de trânsito rápido e das vias dotadas de acostamento. Medida adm.: Remoção do veículo.	181-V	Multa.	R$ 191,54
Transitar pela contramão de direção em vias com sinalização e regulamentação de sentido único de circulação.	186-II	Multa.	R$ 191,54
Deixar de dar passagem aos veículos precedidos de batedores, de socorro de incêndio e salvamento, de polícia e ambulância, quando em serviço de urgência e devidamente identificados por dispositivos de alarme sonoro e iluminação.	189	Multa.	R$ 191,54
Transitar com o veículo em calçadas, passarelas, ciclofaixas, refúgios, canteiros centrais e divisores de pista de rolamento, acostamentos, gramados e jardins públicos.	193	Multa 3x.	R$ 574,62
Ultrapassar pela contramão outro veículo parado em fila junto a sinais luminosos, porteiras, cancelas, cruzamentos ou qualquer outro impedimento à livre circulação.	203-IV	Multa.	R$ 191,54
Executar operação de retorno em locais proibidos pela sinalização.	206-I	Multa.	R$ 191,54
Executar operação de retorno nas curvas, aclives, declives, pontes, viadutos e túneis.	206-II	Multa.	R$ 191,54
Executar operação de retorno passando por cima de calçadas, passeios, ilhas, ajardinamento ou canteiro de divisões de pista de rolamento, refúgios e faixas de pedestres e nas vias de veículos não motorizados.	206-III	Multa.	R$ 191,54

Executar operação de retorno nas interseções, entrando na contramão de direção da via transversal.	206-IV	Multa.	R$ 191,54
Executar operação de retorno com prejuízo da livre circulação ou da segurança, ainda que em locais permitidos.	206-V	Multa.	R$ 191,54
Avançar o sinal vermelho do semáforo ou de parada obrigatória.	208	Multa.	R$ 191,54
Transpor, sem autorização, bloqueio viário policial. Medida adm.: Remoção do veículo e recolhimento do documento de habilitação.	210	Multa, apreensão do veículo e suspensão do direito de dirigir.	R$ 191,54
Deixar de parar o veículo antes de transpor linha férrea.	212	Multa.	R$ 191,54
Deixar de parar o veículo sempre que a respectiva marcha for interceptada por agrupamento de pessoas, como préstitos, passeatas, desfiles e outros.	213-I	Multa.	R$ 191,54
Transitar em velocidade superior à máxima permitida para o local, medida por instrumento ou equipamento hábil, em rodovias, vias de trânsito rápido, vias arteriais e demais vias, quando a velocidade for superior à máxima em mais de 50% (cinquenta por cento).	218-III	Multa 3x e suspensão imediata do direito de dirigir.	R$ 574,62
Deixar de reduzir a velocidade do veículo de forma compatível com a segurança do trânsito quando se aproximar de passeatas, aglomerações, cortejos, préstitos e desfiles.	220-I	Multa.	R$ 191,54
Deixar de reduzir a velocidade do veículo de forma compatível com a segurança do trânsito nas proximidades de escolas, hospitais, estações de embarque e desembarque de passageiros ou onde haja intensa movimentação de pedestres.	220-XIV	Multa.	R$ 191,54
Conduzir o veículo com o lacre, a inscrição do chassi, o selo, a placa ou qualquer outro elemento de identificação do veículo violado ou falsificado. Medida adm.: Remoção do veículo.	230-I	Multa e apreensão do veículo.	R$ 191,54

Conduzir o veículo transportando passageiros em compartimento de carga, salvo por motivo de força maior, com permissão da autoridade competente. Medida adm.: Remoção do veículo.	230-II	Multa e apreensão do veículo.	R$ 191,54
Conduzir o veículo com dispositivo antirradar. Medida adm.: Remoção do veículo.	230-III	Multa e apreensão do veículo.	R$ 191,54
Conduzir o veículo sem qualquer uma das placas de identificação. Medida adm.: Remoção do veículo.	230-IV	Multa e apreensão do veículo.	R$ 191,54
Conduzir o veículo que não esteja registrado e devidamente licenciado. Medida adm.: Remoção do veículo.	230-V	Multa e apreensão do veículo.	R$ 191,54
Conduzir o veículo com qualquer uma das placas de identificação sem condições de legibilidade e visibilidade. Medida adm.: Remoção do veículo.	230-VI	Multa e apreensão do veículo.	R$ 191.54
Transitar com o veículo danificando a via, suas instalações e equipamentos. Medida adm.: Retenção do veículo para regularização.	231-I	Multa.	R$ 191,54
Transitar com o veículo derramando, lançando ou arrastando sobre a via carga que esteja transportando. Medida adm.: Retenção do veículo para regularização.	231-II.a	Multa.	R$ 191,54
Transitar com o veículo derramando, lançando ou arrastando sobre a via combustível ou lubrificante que esteja utilizando. Medida adm.: Retenção do veículo para regularização.	231-II.b	Multa.	R$ 191,54
Transitar com o veículo derramando, lançando ou arrastando sobre a via qualquer objeto que possa acarretar risco de acidente. Medida adm.: Retenção do veículo para regularização.	231-II.c	Multa.	R$ 191,54
Falsificar ou adulterar documento de habilitação e de identificação do veículo. Medida adm.: Remoção do veículo.	234	Multa e apreensão do veículo.	R$ 191,54

Infração	Artigo	Penalidade	Valor
Recusar-se a entregar à autoridade de trânsito ou aos seus agentes, mediante recibo, os documentos de habilitação, de registro, de licenciamento de veículo e outros exigidos por lei, para averiguação de sua autenticidade. Medida adm.: Remoção do veículo.	238	Multa e apreensão do veículo.	R$ 191,54
Retirar do local veículo legalmente retido para regularização, sem permissão da autoridade competente ou de seus agentes. Medida adm.: Remoção do veículo.	239	Multa e apreensão do veículo.	R$ 191,54
Fazer falsa declaração de domicílio para fins de registro, licenciamento ou habilitação.	242	Multa.	R$ 191,54
Conduzir motocicleta, motoneta e/ou ciclomotor sem usar capacete de segurança com viseira ou óculos de proteção e vestuário de acordo com as normas do Contran. Medida adm.: Recolhimento do documento de habilitação.	244-I	Multa e suspensão do direito de dirigir.	R$ 191,54
Conduzir motocicleta, motoneta e/ou ciclomotor transportando passageiro sem o capacete de segurança, na forma estabelecida no inciso anterior, ou fora do assento suplementar colocado atrás do condutor ou em carro lateral. Medida adm.: Recolhimento do documento de habilitação.	244-II	Multa e suspensão do direito de dirigir.	R$ 191,54
Conduzir motocicleta, motoneta e/ou ciclomotor fazendo malabarismo ou equilibrando-se apenas em uma roda. Medida adm.: Recolhimento do documento de habilitação.	244-III	Multa e suspensão do direito de dirigir.	R$ 191,54
Conduzir motocicleta, motoneta e/ou ciclomotor com os faróis apagados. Medida adm.: Recolhimento do documento de habilitação.	244-IV	Multa e suspensão do direito de dirigir.	R$ 191,54
Conduzir motocicleta, motoneta e/ou ciclomotor transportando criança menor de 7 anos ou que não tenha condições de cuidar de sua própria segurança. Medida adm.: Recolhimento do documento de habilitação.	224-V	Multa e suspensão do direito de dirigir.	R$ 191,54

Deixar de sinalizar qualquer obstáculo à livre circulação, à segurança de veículo e pedestres, tanto no leito das vias como na calçada, ou obstaculizar a via indevidamente.	246	Multa, agravada em até 5x, a critério da autoridade de trânsito, conforme o risco à segurança.	R$ 191,54
Bloquear a via com veículo. Medida adm.: Remoção do veículo.	253	Multa e suspensão do direito de dirigir.	R$ 191,54

INFRAÇÕES GRAVES – CTB	ART.	PENALIDADES	VALOR
Deixar o condutor ou passageiro de usar cinto de segurança. Medida adm.: Retenção do veículo até colocação do cinto pelo infrator.	167	Multa.	R$ 127,69
Fazer ou deixar que se faça reparo em veículo na via pública, em pista de rolamento de rodovias e vias de trânsito rápido. Medida adm.: Remoção do veículo.	179 – I	Multa.	R$ 127,69
Estacionar o veículo afastado da guia da calçada (meio fio) a mais de 1 metro. Medida adm.: Remoção do veículo.	181-III	Multa.	R$ 127,69
Estacionar o veículo no passeio ou sobre faixa destinada a pedestres, sobre ciclovia ou ciclofaixa, ou ao lado dos canteiros centrais, marcas de canalização, gramados ou jardim público. Medida adm.: Remoção do veículo.	181-VIII	Multa.	R$ 127,69
Estacionar o veículo ao lado de outro veículo, em fila dupla. Medida adm.: Remoção do veículo.	181-XI	Multa.	R$ 127,69
Estacionar o veículo na área de cruzamento de vias, prejudicando a circulação de veículos e pedestres. Medida adm.: Remoção do veículo.	181-XII	Multa.	R$ 127,69
Estacionar o veículo nos viadutos, pontes e túneis. Medida adm.: Remoção do veículo.	181-XIV	Multa.	R$ 127,69

Infração	Artigo	Penalidade	Valor
Estacionar o veículo em aclive ou declive, não estando devidamente freado e sem calço de segurança, quando se tratar de veículo com peso bruto total superior a 3.500 quilogramas. Medida adm.: Remoção do veículo.	181-XVI	Multa.	R$ 127,69
Estacionar o veículo em locais e horários de estacionamento e parada proibidos pela sinalização. Medida adm.: Remoção do veículo.	181-XIX	Multa.	R$ 127,69
Parar o veículo na pista de rolamento de estradas, rodovias, vias de trânsito rápido e vias dotadas de acostamento.	182-V	Multa.	R$ 127,69
Transitar com o veículo na faixa ou pista regulamentada como de circulação exclusiva para determinado tipo de veículo.	184-II	Multa.	R$ 127,69
Transitar pela contramão de direção em vias com duplo sentido de circulação, exceto para ultrapassar outro veículo e apenas pelo tempo necessário, respeitada a preferência do veículo que transitar no sentido contrário.	186 – I	Multa.	R$ 127,69
Seguir veículo em serviço de urgência, estando este com prioridade de passagem devidamente identificado com alarme e iluminação.	190	Multa.	R$ 127,69
Deixar de guardar distância de segurança lateral e frontal entre o seu veículo e os demais, bem como em relação ao bordo da pista, considerando-se, no momento, a velocidade, as condições climáticas do local da circulação e do veículo.	192	Multa.	R$ 127,69
Transitar em marcha à ré, salvo na distância necessária a pequenas manobras e de forma a não causar riscos à segurança.	194	Multa.	R$ 127,69
Desobedecer às ordens emanadas da autoridade competente de trânsito ou de seus agentes.	195	Multa.	R$ 127,69
Deixar de parar o veículo no acostamento à direita, para aguardar a oportunidade de cruzar a pista, onde não houver local apropriado para operação de retorno.	204	Multa.	R$ 127,69
Executar operação de conversão à direita ou à esquerda em locais proibidos pela sinalização.	207	Multa.	R$ 127,69

Infração	Artigo	Penalidade	Valor
Transpor, sem autorização, bloqueio viário, deixar de adentrar as áreas destinadas à passagem de veículos ou evadir-se para não efetuar o pagamento do pedágio.	209	Multa.	R$ 127,69
Ultrapassar veículos em fila, parados em razão de sinal luminoso, cancela, bloqueio viário parcial ou qualquer outro obstáculo, com exceção dos veículos não motorizados.	211	Multa.	R$ 127,69
Deixar de parar o veículo sempre que a respectiva marcha for interrompida por agrupamento de veículos, como cortejos, formações militares e outros.	213-II	Multa.	R$ 127,69
Deixar de dar preferência de passagem a pedestre e a veículo não motorizado quando houver iniciado a travessia, mesmo que não haja sinalização a ele destinada.	214-IV	Multa.	R$ 127,69
Deixar de dar preferência de passagem a pedestre e a veículo não motorizado que esteja atravessando a via transversal para onde se dirige o veículo.	214-V	Multa.	R$ 127,69
Deixar de dar preferência de passagem em interseção não sinalizada a veículo que estiver circulando por rodovia ou rotatória.	215-I.a	Multa.	R$ 127,69
Deixar de dar preferência de passagem em interseção não sinalizada a veículo que vier pela direita.	215-I.b	Multa.	R$ 127,69
Deixar de dar preferência de passagem em interseções com sinalização de regulamentação de "Dê a Preferência".	215-II	Multa.	R$ 127,69
Transitar em velocidade superior à máxima permitida para o local, medida por instrumento ou equipamento hábil, em rodovias, vias de trânsito rápido, vias arteriais e demais vias, quando a velocidade for superior à máxima em mais de 20% (vinte por cento) até 50% (cinquenta por cento).	218–II	Multa.	R$ 127,69
Deixar de reduzir a velocidade do veículo de forma compatível com a segurança nos locais onde o trânsito esteja sendo controlado pelo agente da autoridade de trânsito, mediante sinais sonoros ou gestos.	220-II	Multa.	R$ 127,69

Deixar de reduzir a velocidade do veículo de forma compatível com a segurança do trânsito ao se aproximar de guia da calçada (meio-fio) ou acostamento.	220-III	Multa.	R$ 127,69
Deixar de reduzir a velocidade do veículo de forma compatível com a segurança do trânsito ao aproximar-se de ou passar por interseção não autorizada.	220-IV	Multa.	R$ 127,69
Deixar de reduzir a velocidade do veículo de forma compatível com a segurança do trânsito nas vias rurais cuja faixa de domínio não esteja cercada.	220-V	Multa.	R$ 127,69
Deixar de reduzir a velocidade do veículo de forma compatível com a segurança do trânsito ao aproximar-se de locais sinalizados com advertência de obras ou trabalhadores na pista.	220-VII	Multa.	R$ 127,69
Deixar de reduzir a velocidade do veículo de forma compatível com o trânsito quando houver má visibilidade.	220-IX	Multa.	R$ 127,69
Deixar de reduzir a velocidade do veículo de forma compatível com a segurança do trânsito quando o pavimento se apresentar escorregadio, defeituoso ou avariado.	220-X	Multa.	R$ 127,69
Deixar de reduzir a velocidade do veículo de forma compatível com a segurança do trânsito em aclive.	220-XII	Multa.	R$ 127,69
Deixar de reduzir a velocidade do veículo de forma compatível com a segurança do trânsito ao ultrapassar ciclista.	220-XIII	Multa.	R$ 127,69
Deixar de sinalizar a via, de forma a prevenir os demais condutores e, à noite, não manter acesas as luzes externas ou omitir-se a tomar as providências necessárias para tornar visível o local, quando tiver de remover o veículo da pista de rolamento ou permanecer no acostamento.	225-I	Multa.	R$ 127,69
Deixar de sinalizar a via, de forma a prevenir os demais condutores e, à noite, não manter acesas as luzes externas ou omitir-se a tomar as providências necessárias para tornar visível o local, quando a carga for derramada sobre a via e não puder ser retirada imediatamente.	225-II	Multa.	R$ 127,69

Conduzir o veículo com a cor ou característica alterada. Medida adm.: Retenção do veículo para regularização.	230-VII	Multa.	R$ 127,69
Conduzir o veículo sem ter sido submetido à inspeção de segurança veicular, quando obrigatório. Medida adm.: Retenção do veículo para regularização.	230-VIII	Multa.	R$ 127,69
Conduzir o veículo com equipamento obrigatório em desacordo com o estabelecido pelo Contran. Medida adm.: Retenção do veículo para regularização.	230-X	Multa.	R$ 127,69
Conduzir o veículo com descarga livre ou silenciador de motor de explosão defeituoso, deficiente ou inoperante. Medida adm.: Retenção do veículo para regularização.	230-XI	Multa.	R$ 127,69
Conduzir o veículo com equipamento ou acessório proibido. Medida adm.: Retenção do veículo para regularização.	230-XII	Multa.	R$ 127,69
Conduzir o veículo com equipamento do sistema de iluminação e de sinalização alterados. Medida adm.: Retenção do veículo para regularização.	230-XIII	Multa.	R$ 127,69
Conduzir o veículo com registrador instantâneo inalterável de velocidade e tempo viciado ou defeituoso, quando houver exigência desse aparelho. Medida adm.: Retenção do veículo para regularização.	230-XIV	Multa.	R$ 127,69
Conduzir o veículo com inscrições, adesivos, legendas e símbolos de caráter publicitário afixados ou pintados no para-brisa e em toda a extensão da parte traseira do veículo, excetuadas as hipóteses previstas no CTB. Medida adm.: Retenção do veículo para regularização.	230-XV	Multa.	R$ 127,69
Conduzir o veículo com os vidros total ou parcialmente cobertos por películas, refletivas ou não, painéis decorativos ou pinturas. Medida adm.: Retenção do veículo para regularização.	230-XVI	Multa.	R$ 127,69
Conduzir o veículo com cortinas ou persianas fechadas, não autorizadas pela legislação. Medida adm.: Retenção do veículo para regularização.	230-XVII	Multa.	R$ 127,69

Conduzir o veículo sem acionar o limpador de para-brisa sob chuva. Medida adm.: Retenção do veículo para regularização.	230-XIX	Multa.	R$ 127,69
Conduzir o veículo sem portar autorização para condução de escolares.	230-XX	Multa e apreensão do veículo.	R$ 127,69
Transitar com o veículo com suas dimensões ou de sua carga superiores aos limites estabelecidos legalmente ou pela sinalização, sem autorização. Medida adm.: Retenção do veículo para regularização.	231-IV	Multa.	R$ 127,69
Transitar com o veículo em desacordo com a autorização especial, expedida pela autoridade competente para transitar com dimensões excedentes, ou quando a mesma estiver vencida. Medida adm.: Remoção do veículo.	231-VI	Multa e apreensão do veículo.	R$ 127,69
Deixar de efetuar registro do veículo no prazo de 30 dias, junto ao órgão executivo de trânsito, ocorridas as hipóteses previstas no art. 123 do CTB. Medida adm.: Retenção do veículo para regularização.	233	Multa.	R$ 127,69
Conduzir pessoas, animais ou carga nas partes externas do veículo, salvo nos casos devidamente autorizados. Medida adm.: Retenção do veículo para transbordo.	235	Multa.	R$ 127,69
Transitar com o veículo em desacordo com as especificações, e com falta de inscrição e simbologia necessárias à sua identificação, quando exigidas pela legislação. Medida adm.: Retenção do veículo para regularização.	237	Multa.	R$ 127,69
Deixar o responsável de promover a baixa do registro de veículo irrecuperável ou definitivamente desmontado. Medida adm.: Recolhimento do Certificado de Registro e do Certificado de Licenciamento Anual.	240	Multa.	R$ 127,69
Deixar a empresa seguradora de comunicar ao órgão executivo de trânsito competente a ocorrência de perda total do veículo e de lhe devolver as respectivas placas e documentos. Medida adm.: Recolhimento das placas e dos documentos.	243	Multa.	R$ 127,69

Utilizar a via para depósito de mercadorias, materiais ou equipamentos, sem autorização do órgão ou entidade de trânsito com circunscrição sobre a via. Medida adm.: Remoção da mercadoria ou do material.	245	Multa.	R$ 127,69
Transportar em veículo destinado ao transporte de passageiros, carga excedente em desacordo com o estabelecido no art. 109 do CTB. Medida adm.: Retenção para o transbordo.	248	Multa.	R$ 127,69
INFRAÇÕES MÉDIAS – CTB	**ART.**	**PENALIDADES**	**VALOR**
Usar o veículo para arremessar, sobre os pedestres ou veículos, água ou detritos.	171	Multa.	R$ 85,13
Deixar o condutor, envolvido em acidente sem vítima, de adotar providências para remover o veículo do local, quando necessária tal medida para assegurar a segurança e a fluidez do trânsito.	178	Multa.	R$ 85,13
Ter seu veículo imobilizado na via por falta de combustível. Medida adm.: Remoção do veículo.	180	Multa.	R$ 85,13
Estacionar o veículo nas esquinas a menos de 5 metros do bordo do alinhamento da via transversal. Medida adm.: Remoção do veículo.	181-I	Multa.	R$ 85,13
Estacionar o veículo em desacordo com as posições estabelecidas no CTB. Medida adm.: Remoção do veículo.	181-IV	Multa.	R$ 85,13
Estacionar o veículo junto ou sobre hidrantes de incêndio, registro de água ou galerias subterrâneas, desde que devidamente identificados. Medida adm.: Remoção do veículo.	181-VI	Multa	R$ 85,13
Estacionar o veículo onde houver guia de calçada (meio-fio) rebaixada destinada à entrada ou saída de veículos. Medida adm.: Remoção do veículo.	181 - IX	Multa.	R$ 85,13
Estacionar o veículo impedindo a movimentação de outro veículo. Medida adm.: Remoção do veículo.	181-X	Multa.	R$ 85,13

Infração	Artigo	Penalidade	Valor
Estacionar o veículo onde houver sinalização delimitadora de ponto de embarque de passageiros de transporte coletivo ou, na existência dessa sinalização, no intervalo compreendido entre 10 metros antes e depois do marco do ponto. Medida adm.: Remoção do veículo.	181-XIII	Multa.	R$ 85,13
Estacionar o veículo na contramão de direção. Medida adm.: Remoção do veículo.	181-XV	Multa.	R$ 85,13
Estacionar o veículo em locais e horários proibidos especificamente pela sinalização (placa "Proibido Estacionar"). Medida adm.: Remoção do veículo.	181-XVIII	Multa.	R$ 85,13
Parar o veículo nas esquinas e a menos de 5 metros do bordo do alinhamento da via transversal.	182-I	Multa.	R$ 85,13
Parar o veículo afastado da guia da calçada (meio-fio) a mais de 1 metro.	182-III	Multa.	R$ 85,13
Parar o veículo na área de cruzamento de vias, prejudicando a circulação de veículos e pedestres.	182-VII	Multa.	R$ 85,13
Parar o veículo nos viadutos, pontes e túneis.	182-VIII	Multa.	R$ 85,13
Parar o veículo na contramão de direção.	182-IX	Multa.	R$ 85,13
Parar o veículo em local e horário proibidos especificamente pela sinalização (placa "Proibido Parar").	182-X	Multa.	R$ 85,13
Parar o veículo sobre a faixa de pedestres na mudança de sinal luminoso.	183	Multa.	R$ 85,13
Quando o veículo estiver em movimento, deixar de conservá-lo na faixa a ele destinada pela sinalização de regulamentação, exceto em situações de emergência.	185-I	Multa.	R$ 85,13
Quando os veículos lentos e de maior porte estiverem em movimento, deixar de conservá-los nas faixas da direita.	185-II	Multa.	R$ 85,13
Transitar em locais e horários não permitidos pela autoridade competente para todos os tipos de veículos.	187	Multa.	R$ 85,13

Infração	Artigo	Penalidade	Valor
Transitar ao lado de outro veículo, interrompendo ou perturbando o trânsito.	188	Multa.	R$ 85,13
Deixar de deslocar, com antecedência, o veículo para faixa mais à esquerda ou mais à direita, dentro da respectiva mão de direção, quando for manobrar para um desses lados.	197	Multa.	R$ 85,13
Deixar de dar passagem pela esquerda, quando solicitado.	198	Multa.	R$ 85,13
Ultrapassar pela direita, salvo quando o veículo da frente estiver colocado na faixa apropriada e sinalizar que vai entrar à esquerda.	199	Multa.	R$ 85,13
Deixar de guardar a distância lateral de 1,50 metro ao passar ou ultrapassar bicicleta.	201	Multa.	R$ 85,13
Entrar ou sair de áreas lindeiras sem estar adequadamente posicionado para ingresso na via e sem as precauções com a segurança de pedestres e de outros veículos.	216	Multa.	R$ 85,13
Entrar ou sair de fila de veículos estacionados sem dar preferência de passagem a pedestres e a outros veículos.	217	Multa.	R$ 85,13
Transitar em velocidade superior à máxima permitida para o local, medida por instrumento ou equipamento hábil, em rodovias, vias de trânsito rápido, vias arteriais e demais vias, quando a velocidade for superior à máxima em 20% (vinte por cento).	218-I	Multa.	R$ 85,13
Portar no veículo placas de identificação em desacordo com as especificações e modelos estabelecidos pelo Contran. Medida adm.: Retenção do veículo para regularização e apreensão das placas irregulares.	221	Multa.	R$ 85,13
Deixar de manter ligado, nas situações de atendimento de emergência, o sistema de iluminação vermelha intermitente dos veículos de polícia, de socorro de incêndio e salvamento, de fiscalização de trânsito e das ambulâncias, ainda que parados.	222	Multa.	R$ 85,13
Deixar de retirar todo e qualquer objeto que tenha sido utilizado para sinalização temporária da via.	226	Multa.	R$ 85,13

Conduzir veículo de carga, com falta de tara e demais inscrições previstas no CTB.	230-XXI	Multa.	R$ 85,13
Conduzir o veículo com defeito no sistema de iluminação, de sinalização ou com lâmpadas queimadas.	230-XXII	Multa.	R$ 85,13
Transitar com o veículo com excesso de peso, admitido percentual de tolerância quando aferido por equipamento, na forma a ser estabelecida pelo Contran.	231-V	Multa acrescida a cada 200 quilogramas ou fração de excesso de peso apurado.	R$ 85,13
Transitar com o veículo com lotação excedente. Medida adm.: Retenção do veículo.	213-VII	Multa.	R$ 85,13
Transitar com o veículo efetuando transporte remunerado de pessoas ou bens, quando não for licenciado para esse fim, salvo casos de força maior ou com permissão da autoridade competente. Medida adm.: Retenção do veículo.	231-VIII	Multa.	R$ 85,13
Transitar com o veículo desligado ou desengrenado, em declive. Medida adm.: Retenção do veículo.	231-IX	Multa.	R$ 85,13
Rebocar outro veículo com cabo flexível ou corda, salvo em casos de emergência.	236	Multa.	R$ 85,13
Conduzir motocicleta, motoneta e/ou ciclomotor rebocando outro veículo.	244-VI	Multa.	R$ 85,13
Conduzir motocicleta, motoneta e/ou ciclomotor sem segurar o guidom com ambas as mãos, salvo eventualmente para indicação de manobras.	244-VII	Multa.	R$ 85,13
Conduzir motocicleta, motoneta e/ou ciclomotor transportando carga incompatível com suas especificações.	244-VIII	Multa.	R$ 85,13
Conduzir ciclo transportando passageiro fora da garupa ou do assento especial a ele destinado.	244-I.a	Multa.	R$ 85,13
Conduzir ciclo ou ciclomotor em vias de trânsito rápido ou rodovias, salvo onde houver acostamento ou faixas de rolamento próprias.	244-I.b	Multa.	R$ 85,13

Conduzir ciclo transportando crianças que não tenham, nas circunstâncias, condições de cuidar de sua própria segurança.	244-§ Ic	Multa.	R$ 85,13
Deixar de conduzir pelo bordo da pista de rolamento, em fila única, os veículos de tração ou propulsão e os de tração animal, sempre que não houver acostamento ou faixa a eles destinados.	247	Multa.	R$ 85,13
Deixar de manter acesas, à noite, as luzes de posição, quando o veículo estiver parado, para fins de embarque ou desembarque de passageiros e carga ou descarga de mercadorias.	249	Multa.	R$ 85,13
Quando o veículo estiver em movimento, deixar de manter acesa a luz baixa durante a noite.	250-I.a	Multa.	R$ 85,13
Quando o veículo estiver em movimento, deixar de manter acesa a luz baixa de dia, nos túneis providos de iluminação pública.	250-I.b	Multa.	R$ 85,13
Quando o veículo estiver em movimento, deixar de manter acesa a luz baixa de dia e de noite, tratando-se de veículo de transporte coletivo de passageiros, circulando em faixas ou pistas a eles destinadas.	250-I.c	Multa.	R$ 85,13
Quando o veículo estiver em movimento, deixar de manter acesa a luz baixa de dia e de noite, tratando-se de ciclomotores.	250-I.d	Multa.	R$ 85,13
Quando o veículo estiver em movimento, deixar de manter a placa traseira iluminada, à noite.	250-III	Multa.	R$ 85,13
Utilizar as luzes do veículo, pisca-alerta, exceto em imobilizações ou situações de emergência.	251-I	Multa.	R$ 85,13
Utilizar as luzes do veículo, baixa e alta de forma intermitente, exceto nas seguintes situações: a curtos intervalos, quando for conveniente advertir a outro condutor que se tem o propósito de ultrapassá-lo; em imobilizações ou situação de emergência, como advertência, utilizando o pisca-alerta; quando a sinalização de regulamentação da via determinar o uso do pisca-alerta.	251-II	Multa.	R$ 85,13
Dirigir o veículo com o braço do lado de fora.	252-I	Multa.	R$ 85,13

Dirigir o veículo com incapacidade física ou mental temporária que comprometa a segurança do trânsito.	252-III	Multa.	R$ 85,13
Dirigir o veículo usando calçado que não se firme nos pés ou que comprometa a utilização dos pedais.	252-IV	Multa.	R$ 85,13
Dirigir o veículo utilizando-se de fones nos ouvidos conectados a aparelhagem sonora ou de telefone celular.	252-VI	Multa.	R$ 85,13
Conduzir bicicleta em passeio onde não seja permitida a circulação desta, ou de forma agressiva. Medida adm.: Remoção da bicicleta mediante recibo para pagamento da multa.	255	Multa.	R$ 85,13

INFRAÇÕES LEVES – CTB	ART.	PENALIDADES	VALOR
Fazer ou deixar que se faça reparo em veículo na via pública, salvo nos casos de impedimento absoluto de sua remoção e em que o veículo esteja devidamente sinalizado, em outras vias além de pista de rolamento de rodovias e vias de trânsito rápido.	179-II	Multa.	R$ 53,20
Estacionar o veículo afastado da guia da calçada (meio-fio), de 50 centímetros a 1 metro. Medida adm.: Remoção do veículo.	181-II	Multa.	R$ 53,20
Estacionar o veículo nos acostamentos, salvo motivo de força maior. Medida adm.: Remoção do veículo.	181-VII	Multa.	R$ 53,20
Estacionar o veículo em desacordo com as condições regulamentadas especificamente pela sinalização (placa "Estacionamento Regulamentado"). Medida adm.: Remoção do veículo.	181-XVII	Multa.	R$ 53,20
Parar o veículo afastado da guia da calçada (meio-fio), de 50 centímetros a 1 metro.	182-II	Multa.	R$ 53,20
Parar o veículo em desacordo com as posições estabelecidas no C.T.B.	182-IV	Multa.	R$ 53,20
Parar o veículo no passeio ou sobre faixa destinada a pedestres, canteiros centrais e divisores de pista de rolamento.	182-VI	Multa.	R$ 53,20

Infração	Artigo	Penalidade	Valor
Transitar com o veículo na faixa ou pista da direita, regulamentada como de circulação exclusiva para determinado tipo de veículo, exceto para acesso a imóveis lindeiros ou conversões à direita.	184-I	Multa.	R$ 53,20
Ultrapassar veículos em movimento que integrem cortejo, préstito, desfile e formações militares, salvo com autorização da autoridade de trânsito ou de seus agentes.	205	Multa.	R$ 53,20
Fazer uso do facho de luz alta dos faróis em vias providas de iluminação pública.	224	Multa.	R$ 53,20
Usar a buzina em situação que não a de simples toque breve como advertência ao pedestre ou a condutores e outros veículos.	227-I	Multa.	R$ 53,20
Usar buzina prolongada e sucessivamente a qualquer pretexto.	227-II	Multa.	R$ 53,20
Usar buzina entre 22 h e 6 h.	227-III	Multa.	R$ 53,20
Usar buzina em locais e horários proibidos pela sinalização.	227-IV	Multa.	R$ 53,20
Usar buzina em desacordo com os padrões e frequências estabelecidas pelo Contran.	227 – V	Multa.	R$ 53,20
Conduzir o veículo sem os documentos de porte obrigatório. Medida adm.: Retenção do veículo até a apresentação do documento.	232	Multa.	R$ 53,20
Deixar de atualizar o cadastro de registro do veículo ou da habilitação do condutor.	241	Multa.	R$ 53,20
É proibido ao pedestre permanecer ou andar nas pistas de rolamento, exceto para cruzá-las onde for permitido.	254-I	Multa em 50% do valor da infração de natureza leve.	R$ 53,20
É proibido ao pedestre cruzar pistas de rolamento nos viadutos, pontes ou túneis, salvo onde exista permissão.	254-II	Multa em 50% do valor da infração de natureza.	R$ 53,20

É proibido ao pedestre atravessar dentro das áreas de cruzamento, salvo quando houver sinalização para esse fim.	254-III	Multa em 50% do valor da infração de natureza leve.	R$ 53,20
É proibido ao pedestre utilizar-se da via em agrupamentos capazes de perturbar o trânsito, ou para a prática de qualquer folguedo, esporte, desfiles e similares, salvo em casos especiais e com a devida licença da autoridade competente.	254-IV	Multa em 50% do valor da infração de natureza leve.	R$ 53,20
É proibido ao pedestre andar fora da faixa própria, passarela, passagem aérea ou subterrânea.	254-V	Multa em 50% do valor da infração de natureza leve.	R$ 53,20
É proibido ao pedestre desobedecer à sinalização de trânsito específica.	254 - VI	Multa em 50% do valor da infração de natureza leve.	R$ 53,20

CRIMES DE TRÂNSITO

Toda a ação prevista no Código de Trânsito Brasileiro quando o indivíduo estiver na direção ou condução de qualquer veículo automotor será considerada crime de trânsito, aplicando-se o previsto no Código Penal Brasileiro e Código de Processo Penal Brasileiro.

O condutor pode sofrer um processo criminal, quando:

1. Praticar **homicídio culposo**, ou seja, envolver-se em acidente de trânsito causando a morte de outrem, mas sem a intenção de lhe causar o óbito. A pena é de detenção de 2 a 4 anos e suspensão ou proibição de se obter a permissão ou habilitação para dirigir veículo automotor.

    A pena é aumentada de um terço à metade se o motorista:

    – não possuir Permissão para Dirigir (PPD) ou Carteira Nacional de Habilitação (CNH);
    – praticá-lo em faixa de pedestre ou na calçada;
    – deixar de prestar socorro à vítima do acidente, quando possível fazê-lo sem risco pessoal;
    – no exercício da profissão ou atividade, estiver conduzindo passageiros.

2. Praticar **lesão corporal culposa** na direção de veículo automotor, ou seja, envolver-se em acidente de trânsito causando ferimentos à vítima sem levá-la a óbito; esses ferimentos podem ser de natureza leve, média ou grave. A pena é de detenção de 6 a 24 meses e suspensão ou proibição de se obter a permissão ou habilitação para dirigir veículo automotor. Aumenta-se de um terço à metade se ocorrer alguma das situações acima.

3. Praticar **omissão de socorro**, isto é, o condutor do veículo, na ocasião do acidente, deixar de prestar imediato socorro à vítima, ou, não podendo fazê-lo diretamente, por justa causa, deixar de solicitar auxílio da autoridade pública. A pena é de detenção de 6 a 12 meses ou multa, se o fato não constituir elemento de crime mais grave. A pena ainda incide sobre o condutor do veículo, ainda que a sua omissão tenha sido suprida por terceiros ou que se trate de vítima com morte instantânea ou com ferimentos leves.

4. O condutor do veículo afastar-se do local do acidente, para fugir à sua responsabilidade penal ou civil que lhe possa ser atribuída. A pena é de 6 a 12 meses de detenção ou multa.

5. Conduzir veículo automotor na via pública com concentração de álcool por litro de sangue igual ou superior a 6 decigramas, ou sob a influência de qualquer outra substância psicoativa que determine dependência. A pena é de detenção de 6 a 36 meses, multa e suspensão ou proibição para adquirir a PPD ou a CNH.

6. Dirigir veículo automotor, em via pública, sem a devida PPD ou CNH ou, ainda, se cassado o direito de dirigir, gerando perigo de dano. A pena é de 6 a 12 meses de detenção ou multa.

7. Permitir, confiar ou entregar a direção de veículo automotor a pessoa não habilitada, com habilitação cassada ou com o direito de dirigir suspenso ou, ainda, a quem, por seu estado de saúde, física ou mental, ou por embriaguez, não esteja em condições de conduzi-lo com segurança. Pena de detenção de 6 a 12 meses ou multa.

8. Trafegar em velocidade incompatível com a segurança nas proximidades de escolas, hospitais, estações de embarque e desembarque, logradouros estreitos, ou onde haja grande movimentação ou concentração de pessoas, gerando perigo de dano. A pena é de detenção de 6 a 12 meses ou multa.

ANEXO I DO CTB (DEFINIÇÕES)

Para efeito do Código de Trânsito Brasileiro, adotam-se as seguintes definições:

acostamento – parte da via diferenciada da pista de rolamento destinada à parada ou estacionamento de veículos, em caso de emergência, e à circulação de pedestres e bicicletas, quando não houver local apropriado para esse fim.

agente da autoridade de trânsito – pessoa, civil ou policial militar, credenciada pela autoridade de trânsito para o exercício das atividades de fiscalização, operação, policiamento ostensivo de trânsito ou patrulhamento.

automóvel – veículo automotor destinado ao transporte de passageiros, com capacidade para até oito pessoas, exclusive o condutor.

autoridade de trânsito – dirigente máximo de órgão ou entidade executivo integrante do Sistema Nacional de Trânsito ou pessoa por ele expressamente credenciada.

balanço traseiro – distância entre o plano vertical passando pelos centros das rodas traseiras extremas e o ponto mais recuado do veículo, considerando-se todos os elementos rigidamente fixados ao mesmo.

bicicleta – veículo de propulsão humana, dotado de duas rodas, não sendo, para efeito deste Código, similar à motocicleta, motoneta e ciclomotor.

bicicletário – local, na via ou fora dela, destinado ao estacionamento de bicicletas.

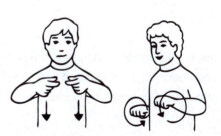

bonde – veículo de propulsão elétrica que se move sobre trilhos.

bordo da pista – margem da pista, podendo ser demarcada por linhas longitudinais de bordo que delineiam a parte da via destinada à circulação de veículos.

calçada – parte da via, normalmente segregada e em nível diferente, não destinada à circulação de veículos, reservada ao trânsito de pedestres e, quando possível, à implantação de mobiliário urbano, sinalização, vegetação e outros fins.

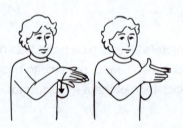

canteiro central – obstáculo físico construído como separador de duas pistas de rolamento, eventualmente substituído por marcas viárias (canteiro fictício).

caminhão-trator – veículo automotor destinado a tracionar ou arrastar outro.

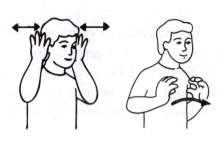

caminhonete – veículo destinado ao transporte de carga com peso bruto total de até 3.500 quilogramas.

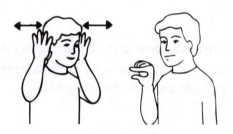

camioneta – veículo misto destinado ao transporte de passageiros e carga no mesmo compartimento.

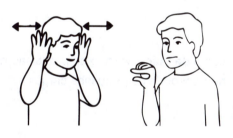

canteiro central – obstáculo físico construído como separador de duas pistas de rolamento, eventualmente substituído por marcas viárias (canteiro fictício).

capacidade máxima de tração – máximo peso que a unidade de tração é capaz de tracionar, indicado pelo fabricante, baseado em condições sobre suas limitações de geração e multiplicação de momento de força e resistência dos elementos que compõem a transmissão.

carreata – deslocamento em fila na via de veículos automotores em sinal de regozijo, de reivindicação, de protesto cívico ou de uma classe.

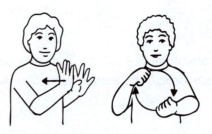

carro de mão – veículo de propulsão humana utilizado no transporte de pequenas cargas.

carroça – veículo de tração animal destinado ao transporte de carga.

catadióptrico – dispositivo de reflexão e refração da luz utilizado na sinalização de vias e veículos (olho de gato).

charrete – veículo de tração animal destinado ao transporte de pessoas.

ciclo – veículo de pelo menos duas rodas a propulsão humana.

ciclofaixa – parte da pista de rolamento destinada à circulação exclusiva de ciclos, delimitada por sinalização específica.

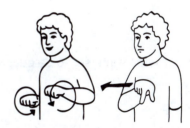

ciclomotor – veículo de duas ou três rodas, provido de um motor de combustão interna, cuja cilindrada não exceda a 50 centímetros cúbicos (3,05 polegadas cúbicas) e cuja velocidade máxima de fabricação não exceda a 50 quilômetros por hora.

ciclovia – pista própria destinada à circulação de ciclos, separada fisicamente do tráfego comum.

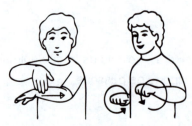

conversão – movimento em ângulo, à esquerda ou à direita, de mudança da direção original do veículo.

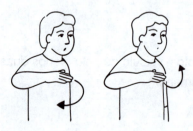

cruzamento – interseção de duas vias em nível.

dispositivo de segurança – qualquer elemento que tenha a função específica de proporcionar maior segurança ao usuário da via, alertando-o sobre situações de perigo que possam colocar em risco sua integridade física e dos demais usuários da via, ou danificar seriamente o veículo.

estacionamento – imobilização de veículos por tempo superior ao necessário para embarque ou desembarque de passageiros.

estrada – via rural não pavimentada.

faixas de domínio – superfície lindeira às vias rurais, delimitada por lei específica e sob responsabilidade do órgão ou entidade de trânsito competente com circunscrição sobre a via.

faixas de trânsito – qualquer uma das áreas longitudinais em que a pista pode ser subdividida, sinalizada ou não por marcas viárias longitudinais, que tenham uma largura suficiente para permitir a circulação de veículos automotores.

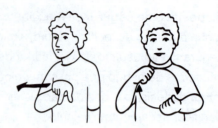

fiscalização – ato de controlar o cumprimento das normas estabelecidas na legislação de trânsito, por meio do poder de polícia administrativa de trânsito, no âmbito de circunscrição dos órgãos e entidades executivos de trânsito e de acordo com as competências definidas neste Código.

foco de pedestres – indicação luminosa de permissão ou impedimento de locomoção na faixa apropriada.

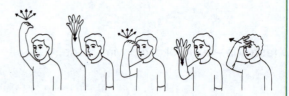

freio de estacionamento – dispositivo destinado a manter o veículo imóvel na ausência do condutor ou, no caso de um reboque, se este se encontra desengatado.

freio de segurança ou motor – dispositivo destinado a diminuir a marcha do veículo no caso de falha do freio de serviço.

freio de serviço – dispositivo destinado a provocar a diminuição da marcha do veículo ou pará-lo.

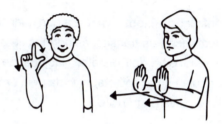

gestos de agentes – movimentos convencionais de braço, adotados exclusivamente pelos agentes de autoridades de trânsito nas vias, para orientar, indicar o direito de passagem dos veículos ou pedestres ou emitir ordens, sobrepondo-se ou completando outra sinalização ou norma constante deste Código.

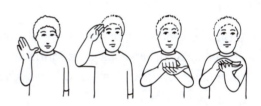

gestos de condutores – movimentos convencionais de braço, adotados exclusivamente pelos condutores, para orientar ou indicar que vão efetuar uma manobra de mudança de direção, redução brusca de velocidade ou parada.

ilha – obstáculo físico, colocado na pista de rolamento, destinado à ordenação dos fluxos de trânsito em uma interseção.

infração – inobservância a qualquer preceito da legislação de trânsito, às normas emanadas do Código de Trânsito, do Conselho Nacional de Trânsito e a regulamentação estabelecida pelo órgão ou entidade executiva do trânsito.

interseção – todo cruzamento em nível, entroncamento ou bifurcação, incluindo as áreas formadas por tais cruzamentos, entroncamentos ou bifurcações.

interrupção de marcha – imobilização do veículo para atender circunstância momentânea do trânsito.

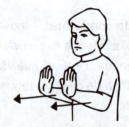

licenciamento – procedimento anual, relativo a obrigações do proprietário de veículo, comprovado por meio de documento específico (Certificado de Licenciamento Anual).

logradouro público – espaço livre destinado pela municipalidade à circulação, parada ou estacionamento de veículos, ou à circulação de pedestres, tais como calçada, parques, áreas de lazer, calçadões.

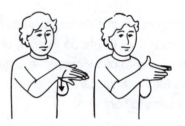

lotação – carga útil máxima, incluindo condutor e passageiros, que o veículo transporta, expressa em quilogramas para os veículos de carga, ou número de pessoas, para os veículos de passageiros.

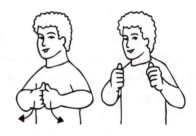

lote lindeiro – aquele situado ao longo das vias urbanas ou rurais e que com elas se limita.

luz alta – facho de luz do veículo destinado a iluminar a via até uma grande distância do veículo.

luz baixa – facho de luz do veículo destinado a iluminar a via diante do veículo, sem ocasionar ofuscamento ou incômodo injustificáveis aos condutores e outros usuários da via que venham em sentido contrário.

luz de freio – luz do veículo destinada a indicar aos demais usuários da via, que se encontram atrás do veículo, que o condutor está aplicando o freio de serviço.

luz indicadora de direção (pisca-pisca ou seta) – luz do veículo destinada a indicar aos demais usuários da via que o condutor tem o propósito de mudar de direção para a direita ou para a esquerda.

luz de marcha à ré – luz do veículo destinada a iluminar atrás do veículo e advertir aos demais usuários da via que o veículo está efetuando ou a ponto de efetuar uma manobra de marcha à ré.

luz de neblina – luz do veículo destinada a aumentar a iluminação da via em caso de neblina, chuva forte ou nuvens de pó.

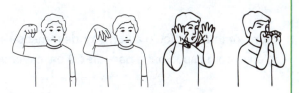

luz de posição (lanterna) – luz do veículo destinada a indicar a presença e a largura do veículo.

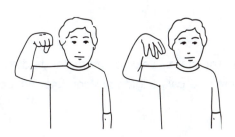

manobra – movimento executado pelo condutor para alterar a posição em que o veículo está no momento em relação à via.

marcas viárias – conjunto de sinais constituídos de linhas, marcações, símbolos ou legendas, em tipos e cores diversas, apostos ao pavimento da via.

micro-ônibus – veículo automotor de transporte coletivo com capacidade para até 20 passageiros.

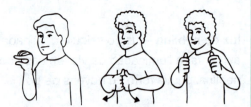

motocicleta – veículo automotor de duas rodas, com ou sem *side-car*, dirigido por condutor em posição montada.

motoneta – veículo automotor de duas rodas, dirigido por condutor em posição sentada.

motocasa *(motor-home)* – veículo automotor cuja carroçaria seja fechada e destinada a alojamento, escritório, comércio ou finalidades análogas.

noite – período do dia compreendido entre o pôr do sol e o nascer do sol.

ônibus – veículo automotor de transporte coletivo com capacidade para mais de 20 passageiros, ainda que, em virtude de adaptações com vista à maior comodidade destes, transporte número menores.

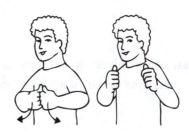

operação de carga e descarga – imobilização do veículo, pelo tempo estritamente necessário ao carregamento ou descarregamento de animais ou carga, na forma disciplinada pelo órgão ou entidade executivo de trânsito competente com circunscrição sobre a via.

operação de trânsito – monitoramento técnico baseado nos conceitos de Engenharia de Tráfego, das condições de fluidez, de estacionamento e parada na via, de forma a reduzir as interferências tais como veículos quebrados, acidentados, estacionados irregularmente atrapalhando o trânsito, prestando socorros imediatos e informações aos pedestres e condutores.

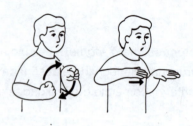

parada – imobilização do veículo com a finalidade e pelo tempo estritamente necessário para efetuar embarque ou desembarque de passageiros.

passagem de nível – todo cruzamento de nível entre uma via e uma linha férrea ou trilho de bonde com pista própria.

passagem por outro veículo – movimento de passagem à frente de outro veículo que se desloca no mesmo sentido, em menor velocidade, mas em faixas distintas da via.

passagem subterrânea – obra de arte destinada à transposição de vias, em desnível subterrâneo, e ao uso de pedestres ou veículos.

passarela – obra de arte destinada à transposição de vias, em desnível aéreo, e ao uso de pedestres.

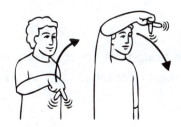

passeio – parte da calçada ou da pista de rolamento, neste último caso, separada por pintura ou elemento físico separador, livre de interferências, destinada à circulação exclusiva de pedestres e, excepcionalmente, de ciclistas.

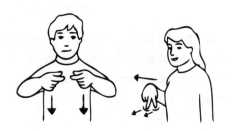

patrulhamento – função exercida pela Polícia Rodoviária Federal com o objetivo de garantir obediência às normas de trânsito, assegurando a livre circulação e evitando acidentes.

perímetro urbano – limite entre área urbana e área rural.

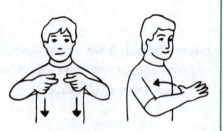

peso bruto total – peso máximo que o veículo transmite ao pavimento, constituído da soma da tara mais a lotação.

peso bruto total combinado – peso máximo transmitido ao pavimento pela combinação de um caminhão-trator mais seu semirreboque ou do caminhão mais o seu reboque ou reboques.

pisca-alerta – luz intermitente do veículo, utilizada em caráter de advertência, destinada a indicar aos demais usuários da via que o veículo está imobilizado ou em situação de emergência.

pista – parte da via normalmente utilizada para a circulação de veículos, identificada por elementos separadores ou por diferença de nível em relação às calçadas, ilhas ou aos canteiros centrais.

placas – elementos colocados na posição vertical, fixados ao lado ou suspensos sobre a pista, transmitindo mensagens de caráter permanente e, eventualmente, variáveis, mediante símbolo ou legendas pré-reconhecidas e legalmente instituídas como sinais de trânsito.

policiamento ostensivo de trânsito – função exercida pelas Polícias Militares com o objetivo de prevenir e reprimir atos relacionados com a segurança pública e de garantir obediência às normas relativas à segurança de trânsito, assegurando a livre circulação e evitando acidentes.

ponte – obra de construção civil destinada a ligar margens opostas de uma superfície líquida qualquer.

reboque – veículo destinado a ser engatado atrás de um veículo automotor.

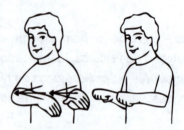

regulamentação da via – implantação de sinalização de regulamentação pelo órgão ou entidade competente com circunscrição sobre a via, definindo, entre outros, sentido de direção, tipo de estacionamento, horários e dias.

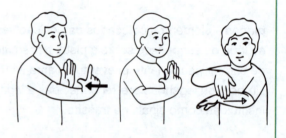

refúgio – parte da via, devidamente sinalizada e protegida, destinada ao uso de pedestres durante a travessia da mesma.

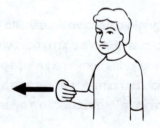

Renach – Registro Nacional de Condutores Habilitados.

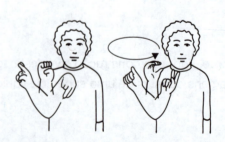

Renavam – Registro Nacional de Veículos Automotores.

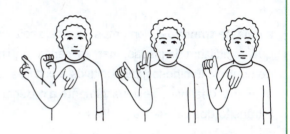

retorno – movimento de inversão total de sentido da direção original de veículos.

rodovia – via rural pavimentada.

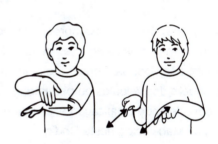

semirreboque – veículo de um ou mais eixos que se apoia na sua unidade tratora ou é a ela ligado por meio de articulação.

sinais de trânsito – elementos de sinalização viária que se utilizam de placas, marcas viárias, equipamentos de controle luminosos, dispositivos auxiliares, apitos e gestos, destinados exclusivamente a ordenar ou dirigir o trânsito dos veículos e pedestres.

sinalização – conjunto de sinais de trânsito e dispositivos de segurança colocados na via pública com o objetivo de garantir sua utilização adequada, possibilitando melhor fluidez no trânsito e maior segurança dos veículos e pedestres que nela circulam.

sons por apito – sinais sonoros, emitidos exclusivamente pelos agentes da autoridade de trânsito nas vias, para orientar ou indicar o direito de passagem dos veículos ou pedestres, sobrepondo-se ou completando sinalização existente no local ou norma estabelecida neste Código.

tara – peso próprio do veículo, acrescido dos pesos da carroçaria e equipamento, do combustível, das ferramentas e acessórios, da roda sobressalente, do extintor de incêndio e do fluido de arrefecimento, expresso em quilogramas.

trailer – reboque ou semirreboque tipo casa, com duas, quatro ou seis rodas, acoplado ou adaptado à traseira de automóvel ou camionete, utilizado em geral em atividades turísticas como alojamento ou para atividades comerciais.

trânsito – movimentação e imobilização de veículos, pessoas e animais nas vias terrestres.

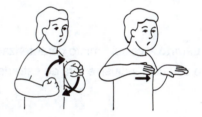

transposição de faixas – passagem de um veículo de uma faixa demarcada para outra.

trator – veículo automotor construído para realizar trabalho agrícola, de construção e pavimentação e tracionar outros veículos e equipamentos.

ultrapassagem – movimento de passar à frente de outro veículo que se desloca no mesmo sentido, em menor velocidade e na mesma faixa de tráfego, necessitando sair e retornar à faixa de origem.

utilitário – veículo misto caracterizado pela versatilidade do seu uso, inclusive fora de estrada.

veículo articulado – combinação de veículos acoplados, sendo um deles automotor.

veículo automotor – todo veículo a motor de propulsão que circule por seus próprios meios, e que serve normalmente para o transporte viário de pessoas e coisas, ou para a tração viária de veículos utilizados para o transporte de pessoas e coisas. O termo compreende os veículos conectados a uma linha elétrica e que não circulam sobre trilhos (ônibus elétrico).

veículo de carga – veículo destinado ao transporte de carga, podendo transportar dois passageiros, exclusive o condutor.

veículo de coleção – aquele que, mesmo tendo sido fabricado há mais de 30 anos, conserva suas características originais de fabricação e possui valor histórico próprio.

veículo conjugado – combinação de veículos, sendo o primeiro um veículo automotor e os demais reboques ou equipamentos de trabalho agrícola, construção, terraplenagem ou pavimentação.

veículo de grande porte – veículo automotor destinado ao transporte de carga com peso bruto total máximo superior a 10 mil quilogramas e de passageiros, superior a 20 passageiros.

veículo de passageiros – veículo destinado ao transporte de pessoas e suas bagagens.

veículo misto – veículo automotor destinado ao transporte simultâneo de carga e passageiro.

via – superfície por onde transitam veículos, pessoas e animais, compreendendo a pista, a calçada, o acostamento, ilha e canteiro central.

via de trânsito rápido – aquela caracterizada por acessos especiais com trânsito livre, sem interseções em nível, sem acessibilidade direta aos lotes lindeiros e sem travessia de pedestres em nível.

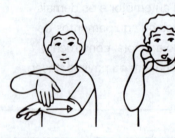

via arterial – aquela caracterizada por interseções em nível, geralmente controlada por semáforo, com acessibilidade aos lotes lindeiros e às vias secundárias e locais, possibilitando o trânsito entre as regiões da cidade.

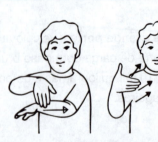

via coletora – aquela destinada a coletar e distribuir o trânsito que tenha necessidade de entrar ou sair das vias de trânsito rápido ou arteriais, possibilitando o trânsito dentro das regiões da cidade.

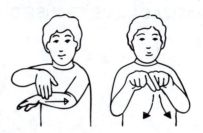

via local – aquela caracterizada por interseções em nível não semaforizadas, destinada apenas ao acesso local ou a áreas restritas.

via rural – estradas e rodovias.

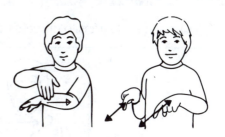

via urbana – ruas, avenidas, vielas ou caminhos e similares abertos à circulação pública, situados na área urbana, caracterizados principalmente por possuírem imóveis edificados ao longo de sua extensão.

vias e áreas de pedestres – vias ou conjunto de vias destinadas à circulação prioritária de pedestres.

SINALIZAÇÃO DE TRÂNSITO

A sinalização de trânsito é uma criação internacional, a fim de que motoristas que dirigem no Brasil, por exemplo, possam dirigir na Áustria.

Os sinais de trânsito têm forma de desenho, assim, as normas, as regulamentações, as orientações e as advertências podem ser mais facilmente gravadas na memória.

Com a sinalização, os condutores de qualquer tipo de veículo padronizam suas ações e condutas.

TIPOS DE SINALIZAÇÃO

A sinalização de trânsito divide-se em:

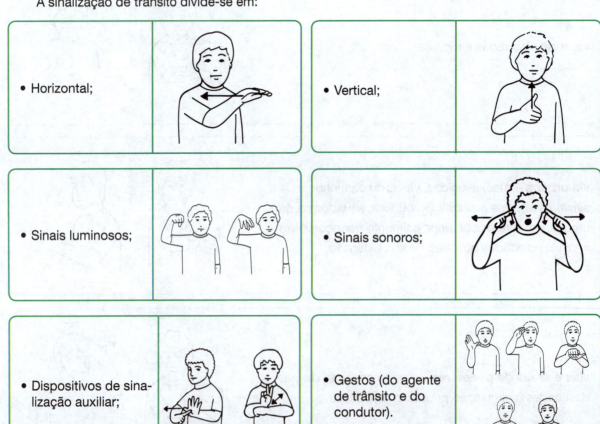

- Horizontal;
- Vertical;
- Sinais luminosos;
- Sinais sonoros;
- Dispositivos de sinalização auxiliar;
- Gestos (do agente de trânsito e do condutor).

A **sinalização horizontal**, em sua maioria, é aquela pintada no asfalto. Por exemplo: a faixa de pedestres.

A **sinalização vertical** utiliza placas fixadas em postes às margens das vias, transmitindo mensagens de caráter permanente, por legendas ou símbolos pré-reconhecidos e legalmente instituídos.

Esse tipo de sinalização divide-se em:

A sinalização de **regulamentação** tem por finalidade informar os motoristas e transeuntes de uma via acerca das condições, proibições, obrigações ou restrições. Sua mensagem tem caráter imperativo (obrigatório) e o seu não atendimento acarretará em autuações e multas.

O formato das placas da sinalização de regulamentação são em sua grande maioria na forma circular e as cores utilizadas no grafismo são vermelho, preto e branco.

PLACAS DE REGULAMENTAÇÃO

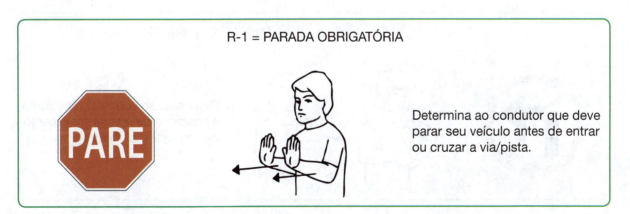

R-2 = DÊ A PREFERÊNCIA

Determina ao condutor a obrigatoriedade de dar preferência de passagem ao veículo que circula na via em que vai entrar ou cruzar, devendo para tanto reduzir a velocidade ou parar seu veículo se necessário.

R-3 = SENTIDO PROIBIDO

 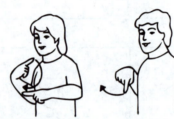

Determina ao condutor a proibição de seguir em frente ou entrar na pista ou área restringida pelo sinal.

R-4a = PROIBIDO VIRAR À ESQUERDA

Determina ao condutor de veículo a proibição de realizar o movimento de conversão à esquerda.

R-4b = PROIBIDO VIRAR À DIREITA

Determina ao condutor do veículo a proibição de realizar movimento de conversão à direita.

R-5A = PROIBIDO RETORNAR À ESQUERDA

Determina ao condutor do veículo a proibição de retornar à esquerda.

R-5b = PROIBIDO RETORNAR À DIREITA

Determina ao condutor do veículo a proibição de retornar à direita.

R-6a = PROIBIDO ESTACIONAR

Determina ao condutor que é proibido o estacionamento de veículo.

R-6b = ESTACIONAMENTO REGULAMENTADO

Determina ao condutor que é permitido o estacionamento de veículo.

R-6c = PROIBIDO PARAR E ESTACIONAR

Determina ao condutor que é proibida a parada e estacionamento de veículo.

R-7 = PROIBIDO ULTRAPASSAR

Determina ao condutor do veículo que é proibido realizar o movimento de ultrapassagem no trecho regulamentado pela(s) faixa(s) destinada(s) ao sentido oposto de circulação.

R-8a = PROIBIDO MUDAR DE FAIXA OU PISTA DE TRÂNSITO DA ESQUERDA PARA A DIREITA

Determina ao condutor do veículo que, no trecho objeto da sinalização, é proibida a mudança de faixa ou pista da esquerda para a direita.

R-8b = PROIBIDO MUDAR DE FAIXA OU PISTA DE TRÂNSITO DA DIREITA PARA A ESQUERDA

Determina ao condutor do veículo que, no trecho objeto da sinalização, é proibida a mudança de faixa ou pista da direita para a esquerda.

R-9 = PROIBIDO TRÂNSITO DE CAMINHÕES

Determina aos condutores de caminhões a proibição de transitar a partir do ponto sinalizado na área, via, pista ou faixa.

R-10 = PROIBIDO TRÂNSITO DE VEÍCULOS AUTOMOTORES

Determina ao condutor de qualquer veículo automotor a proibição de transitar, a partir do ponto sinalizado, na área, via, pista ou faixa.

R-11 = PROIBIDO TRÂNSITO DE VEÍCULOS DE TRAÇÃO ANIMAL

Determina ao condutor de veículo de tração animal a proibição de transitar, a partir do ponto sinalizado, na área, via, pista ou faixa.

R-12 = PROIBIDO TRÂNSITO DE BICICLETAS

Determina ao ciclista a proibição de trânsito de bicicleta a partir do ponto sinalizado na área, via, pista ou faixa.

R-13 = PROIBIDO TRÂNSITO DE TRATORES E MÁQUINAS DE OBRAS

Determina ao condutor de tratores e máquinas de obras a proibição de transitar a partir do ponto sinalizado na área, via ou pista.

R-14 = PESO BRUTO TOTAL MÁXIMO PERMITIDO

Regulamenta o peso bruto total máximo permitido a um veículo para transitar na área, via, pista ou faixa.

R-15 = ALTURA MÁXIMA PERMITIDA

Regulamenta a altura máxima permitida a um veículo para transitar na área, via, pista ou faixa.

R-16 = LARGURA MÁXIMA PERMITIDA

Regulamenta a largura máxima permitida do veículo para transitar na área, via ou pista.

R-17 = PESO MÁXIMO PERMITIDO POR EIXO

Regulamenta o peso máximo permitido por eixo do veículo para transitar na área, via, pista ou faixa.

R-18 = COMPRIMENTO MÁXIMO PERMITIDO

Regulamenta o comprimento máximo permitido do veículo ou combinação de veículo para transitar na área, via ou pista.

R-19 = VELOCIDADE MÁXIMA PERMITIDA

Regulamenta a velocidade máxima em que o veículo pode circular. A velocidade indicada vale a partir do local onde estiver colocada a placa até onde houver outra que a modifique.

R-20 = PROIBIDO ACIONAR BUZINA OU SINAL SONORO

Determina ao condutor de veículo que é proibido acionar a buzina ou qualquer outro tipo de sinal sonoro no local regulamentado.

R-21 = ALFÂNDEGA

 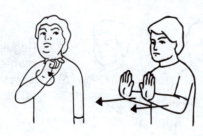

Assinala ao condutor de veículo a presença de uma repartição alfandegária, onde a parada é obrigatória.

R-22 = USO OBRIGATÓRIO DE CORRENTES

 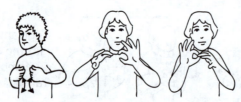

Determina ao condutor de veículo que a partir do ponto sinalizado é obrigatório o uso de correntes atreladas às rodas do veículo. Essa obrigação refere-se apenas às rodas motrizes.

R-23 = CONSERVE-SE À DIREITA

 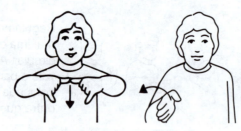

Assinala ao condutor de veículo a obrigatoriedade de manter-se à direita da pista, deixando livre a faixa da esquerda.

R-24a = SENTIDO DE CIRCULAÇÃO DA VIA/PISTA

Assinala ao condutor do veículo a obrigatoriedade de realizar o movimento indicado.

R-24b = PASSAGEM OBRIGATÓRIA

  Assinala ao condutor de veículo que existe um obstáculo e que a passagem é obrigatoriamente feita à direita/esquerda do mesmo.

R-25a = VIRE À ESQUERDA

  Assinala ao condutor do veículo a obrigatoriedade de realizar o movimento indicado.

R-25b = VIRE À DIREITA

  Assinala ao condutor do veículo a obrigatoriedade de realizar o movimento indicado.

R-25c = SIGA EM FRENTE OU À ESQUERDA

 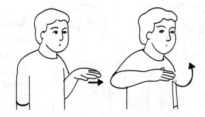 Assinala ao condutor do veículo que os movimentos de circulação permitidos são somente os indicados.

R-25d = SIGA EM FRENTE OU À DIREITA

 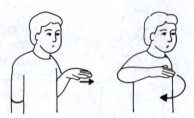

Assinala ao condutor do veículo que os movimentos de circulação permitidos são somente os indicados.

R-26 = SIGA EM FRENTE

Assinala ao condutor que a via ou pista sinalizada tem sentido único de circulação.

R-27 = ÔNIBUS, CAMINHÕES E VEÍCULOS DE GRANDE PORTE, MANTENHAM-SE À DIREITA

Determina ao condutor de ônibus, caminhões e veículos de grande porte a obrigação de circular pela(s) faixa(s) da direita.

R-28 = DUPLO SENTIDO DE CIRCULAÇÃO

Assinala ao condutor do veículo que a via de sentido único de circulação passa a ser de sentido duplo após o ponto em que o sinal estiver colocado.

R-29 = PROIBIDO TRÂNSITO DE PEDESTRES

Determina ao pedestre a proibição de transitar na via ou área com restrição.

R-30 = PEDESTRE, ANDE PELA ESQUERDA

Determina ao pedestre a obrigatoriedade de andar pelo lado esquerdo da área ou via.

R-31 = PEDESTRE, ANDE PELA DIREITA

Assinala ao pedestre a obrigatoriedade de andar pelo lado direito da área ou via.

R-32 = CIRCULAÇÃO EXCLUSIVA DE ÔNIBUS

Assinala ao condutor do veículo que a área, via, pista ou faixa é de circulação exclusiva de ônibus.

R-33 = SENTIDO DE CIRCULAÇÃO NA ROTATÓRIA

Determina ao condutor do veículo a obrigatoriedade do movimento no sentido anti-horário em rotatória.

R-34 = CIRCULAÇÃO EXCLUSIVA DE BICICLETAS

 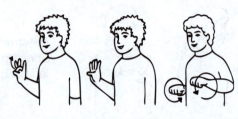

Assinala que a área, trecho de via, pista ou faixa é de circulação exclusiva de bicicletas.

R-35a = CICLISTA, TRANSITE À ESQUERDA

 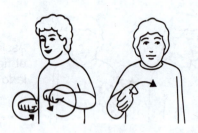

Determina ao ciclista a obrigatoriedade de transitar pelo lado esquerdo da área, via ou pista.

R-35b = CICLISTA, TRANSITE À DIREITA

Determina ao ciclista a obrigatoriedade de transitar pelo lado direito da área, via ou pista.

R-36a = CICLISTAS À ESQUERDA, PEDESTRES À DIREITA

 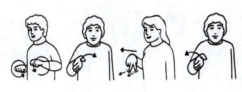

Regulamenta o trânsito de ciclistas à esquerda e pedestres à direita da área, via ou pista.

R-36b = PEDESTRES À ESQUERDA, CICLISTAS À DIREITA

Regulamenta o trânsito de pedestres à esquerda e ciclistas à direita da área, via ou pista.

R-37 = PROIBIDO TRÂNSITO DE MOTOCICLETAS, MOTONETAS E CICLOMOTORES

Determina ao condutor de motocicletas, motonetas e ciclomotores a proibição de transitar a partir do ponto sinalizado da área, via, pista ou faixa.

R-38 = PROIBIDO TRÂNSITO DE ÔNIBUS

 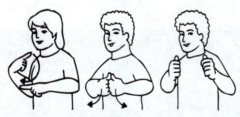

Determina ao condutor de ônibus a proibição de transitar a partir do ponto sinalizado da área, via, pista ou faixa.

R-39 = CIRCULAÇÃO EXCLUSIVA DE CAMINHÕES

Assinala ao condutor do veículo que a área, via, pista ou faixa é de circulação exclusiva de caminhão.

R-40= TRÂNSITO PROIBIDO A CARROS DE MÃO

 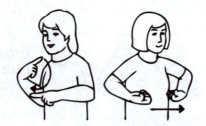

Determina ao condutor de carro de mão a proibição de transitar a partir do ponto sinalizado na área, via, pista ou faixa.

Se houver necessidade poderão ser acrescentadas nas placas **informações complementares**, como:

– período de validade;

– características e uso do veículo;

– condições de estacionamento.

Essas informações poderão ser grafadas na própria placa de regulamentação ou em outra, colocada ao lado desta.

Não é admitido acrescentar nenhuma informação complementar nas seguintes placas de sinalização:

- R-1 – Parada Obrigatória
- R-2 – Dê a Preferência

PLACAS DE ADVERTÊNCIA

A função dessas placas é alertar os motoristas sobre as condições potencialmente perigosas das vias, indicando sua natureza.

Tais placas têm a forma quadrada, devendo uma das diagonais ficar na posição vertical; as cores predominantes são amarelo e preto.

Exceções quanto à cor das placas de advertência:

- A-24: Obras – possui fundo e orla laranja;

- A-14: Semáforo à frente – tem símbolos nas cores preta, vermelha, amarela e verde.

A-1a = CURVA ACENTUADA À ESQUERDA

Adverte o condutor do veículo da existência, adiante, de uma curva acentuada à esquerda.

A-1b = CURVA ACENTUADA À DIREITA

Adverte o condutor do veículo da existência, adiante, de uma curva acentuada à direita.

A-2a = CURVA À ESQUERDA

Adverte o condutor do veículo da existência, adiante, de uma curva à esquerda.

A-2b = CURVA À DIREITA

Adverte o condutor do veículo da existência, adiante, de uma curva à direita.

A-3b = PISTA SINUOSA À DIREITA

Adverte o condutor do veículo da existência, adiante, de três ou mais curvas horizontais sucessivas, sendo a primeira à direita.

A-3b = PISTA SINUOSA À ESQUERDA

 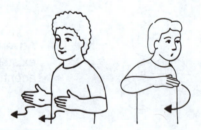

Adverte o condutor do veículo da existência, adiante, de três ou mais curvas horizontais sucessivas, sendo a primeira à esquerda.

A-4a = CURVA ACENTUADA EM "S" À ESQUERDA

 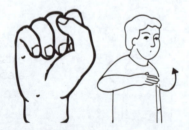

Adverte o condutor do veículo da existência, adiante, de duas curvas acentuadas horizontais sucessivas formando um "S".

A-4b = CURVA ACENTUADA EM "S" À DIREITA

 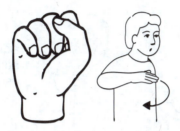

Adverte o condutor do veículo da existência, adiante, de duas curvas acentuadas horizontais sucessivas formando um "S".

A-5a = CURVA EM "S" À ESQUERDA

 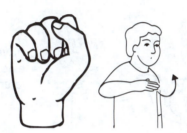

Adverte o condutor do veículo da existência, adiante, de duas curvas horizontais sucessivas formando um "S".

A-5b = CURVA EM "S" À DIREITA

Adverte o condutor do veículo da existência, adiante, de duas curvas horizontais sucessivas formando um "S".

A-6 = CRUZAMENTO DE VIAS

Adverte o condutor do veículo da existência, adiante, de um cruzamento de duas vias em nível.

A-7a = VIA LATERAL À ESQUERDA

 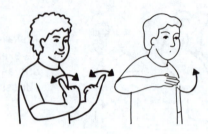

Adverte o condutor da existência, adiante, de uma via lateral à esquerda.

A-7b = VIA LATERAL À DIREITA

Adverte o condutor do veículo da existência, adiante, de uma via lateral à direita.

A-8 = INTERSEÇÃO EM "T"

Adverte o condutor do veículo da existência, adiante, de uma interseção em "T".

A-9 = BIFURCAÇÃO EM "Y"

Adverte o condutor do veículo da existência, adiante, de uma bifurcação em forma de "Y".

A-10a = ENTRONCAMENTO OBLÍQUO À ESQUERDA

Adverte o condutor do veículo da existência, adiante, de um entroncamento à esquerda.

A-10b = ENTRONCAMENTO OBLÍQUO À DIREITA

Adverte o condutor do veículo da existência, adiante, de um entroncamento à direita.

A-11A = JUNÇÕES SUCESSIVAS CONTRÁRIAS – PRIMEIRA À ESQUERDA

Adverte o condutor do veículo da existência, adiante, de junções sucessivas contrárias, estando a primeira via lateral à esquerda.

A-11B = JUNÇÕES SUCESSIVAS CONTRÁRIAS – PRIMEIRA À DIREITA

Adverte o condutor do veículo da existência, adiante, de junções sucessivas contrárias, estando a primeira via lateral à direita.

A-12 = INTERSEÇÃO EM CÍRCULO

Adverte o condutor do veículo da existência, adiante, de uma interseção em círculo (rotatória), na qual a circulação é feita no sentido anti-horário.

A-13a = CONFLUÊNCIA À ESQUERDA

Adverte o condutor do veículo da existência, adiante, da confluência de uma via, à esquerda.

A-13b = CONFLUÊNCIA À DIREITA

Adverte o condutor do veículo da existência, adiante, da confluência de uma via, à direita.

A-14 = SEMÁFORO À FRENTE

Adverte o condutor do veículo da existência, adiante, de uma sinalização semafórica de regulamentação.

A-15 = PARADA OBRIGATÓRIA À FRENTE

Adverte o condutor do veículo da existência, adiante, de um sinal R-1 – "parada obrigatória".

A-16 = BONDE

Adverte o condutor do veículo da existência, adiante, de cruzamento ou circulação de bondes.

A-17 = PISTA IRREGULAR

Adverte o condutor do veículo da existência, adiante, de um trecho de pista irregular.

A-18 = SALIÊNCIA OU LOMBADA

Adverte o condutor do veículo da existência, adiante, de saliência, lombada ou ondulação transversal sobre a superfície.

A-19 = DEPRESSÃO

Adverte o condutor do veículo da existência, adiante, de uma depressão na pista de rolamento.

A-20a = DECLIVE ACENTUADO

Adverte o condutor do veículo da existência, adiante, de declive acentuado.

A-20b = ACLIVE ACENTUADO

Adverte o condutor do veículo da existência, adiante, de aclive acentuado.

A-21a = ESTREITAMENTO DE PISTA AO CENTRO

Adverte o condutor do veículo da existência, adiante, de estreitamento da pista em ambos os lados.

A-21b = ESTREITAMENTO DE PISTA À ESQUERDA

Adverte o condutor do veículo da existência, adiante, de estreitamento de pista à esquerda.

A-21c = ESTREITAMENTO DE PISTA À DIREITA

 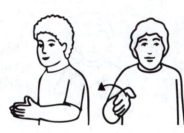

Adverte o condutor do veículo da existência, adiante, de estreitamento de pista à direita.

A-21d = ALARGAMENTO DE PISTA À ESQUERDA

 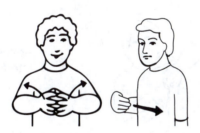

Adverte o condutor do veículo da existência, adiante, de alargamento de pista à esquerda.

A-21e = ALARGAMENTO DE PISTA À DIREITA

Adverte o condutor do veículo da existência, adiante, de alargamento de pista à direita.

A-22 = PONTE ESTREITA

Adverte o condutor do veículo da existência, adiante, de ponte ou viaduto com largura inferior à da via.

A-23 = PONTE MÓVEL

Adverte o condutor do veículo da existência, adiante, de uma ponte móvel.

A-24 = OBRAS

Adverte o usuário da via de interferência devido à existência de obras adiante.

A-25 = MÃO DUPLA ADIANTE

Adverte o condutor do veículo da existência, adiante, de alteração do sentido único de circulação para o duplo.

A-26a = SENTIDO ÚNICO

Adverte o condutor do veículo quanto ao sentido de circulação da via.

A-26b = SENTIDO DUPLO

Adverte o condutor do veículo quanto ao sentido de circulação da via.

A-27 = ÁREA COM DESMORONAMENTO

Adverte o condutor do veículo da existência, adiante, de área sujeita a desmoronamento.

A-28 = PISTA ESCORREGADIA

Adverte o condutor do veículo da existência, adiante, de trecho da pista que, em certas condições, pode tornar-se escorregadia.

A-29 = PROJEÇÃO DE CASCALHO

Adverte o condutor do veículo da existência, adiante, de trecho ao longo do qual pode ocorrer projeção de cascalho.

A-30a = TRÂNSITO DE CICLISTAS

Adverte o condutor do veículo da existência, adiante, de trecho de pista ao longo do qual ciclistas circulam pela via ou cruzam a pista.

A-30b = PASSAGEM SINALIZADA DE CICLISTAS

Adverte o condutor do veículo da existência, adiante, de faixa sinalizada para a travessia de ciclistas.

A-30c = TRÂNSITO COMPARTILHADO POR CICLISTAS E PEDESTRES

  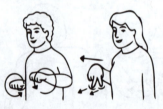

Adverte o condutor do veículo da existência, adiante, de trecho de via com trânsito compartilhado.

A-31 = TRÂNSITO DE TRATORES OU MÁQUINA AGRÍCOLA

Adverte o condutor do veículo da existência, adiante, de local de cruzamento ou trânsito eventual de toda espécie de tratores e máquinas agrícolas.

A-32a = TRÂNSITO DE PEDESTRES

 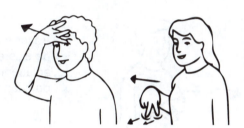

Adverte o condutor do veículo da existência, adiante, de trecho de via com trânsito de pedestres.

A-32b = PASSAGEM SINALIZADA DE PEDESTRES

 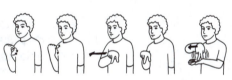

Adverte o condutor do veículo da existência, adiante, de local sinalizado com faixa de travessia de pedestres.

A-33a = ÁREA ESCOLAR

Adverte o condutor do veículo da existência, adiante, de trecho de via com trânsito de escolares.

A-33b = PASSAGEM SINALIZADA DE ESCOLARES

Adverte o condutor do veículo da existência, adiante, de local sinalizado com faixa de travessia de pedestres com predominância de escolares.

A-34 = CRIANÇAS

 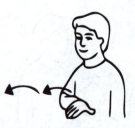

Adverte o condutor do veículo da existência, adiante, de área adjacente utilizada para o lazer de crianças.

A-35 = ANIMAIS

Adverte o condutor do veículo da possibilidade de presença, adiante, de animais na via.

A-36 = ANIMAIS SELVAGENS

Adverte o condutor do veículo da possibilidade de presença, adiante, de animais selvagens na via.

A-37 = ALTURA LIMITADA

 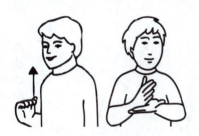

Adverte o condutor do veículo da existência, adiante, de restrição de altura máxima do veículo, com ou sem carga.

A-38 = LARGURA LIMITADA

 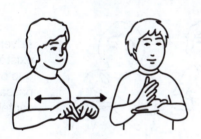

Adverte o condutor do veículo da existência, adiante, de restrição de largura máxima do veículo, com ou sem carga.

A-39 = PASSAGEM DE NÍVEL SEM BARREIRA

Adverte o condutor do veículo da existência, adiante, de um cruzamento com linha férrea em nível, sem barreira.

A-40 = PASSAGEM DE NÍVEL COM BARREIRA

Adverte o condutor do veículo da existência, adiante, de um cruzamento com linha férrea em nível, com barreira.

A-41 = CRUZ DE SANTO ANDRÉ

Adverte o condutor do veículo da existência, no local, de cruzamento com linha férrea em nível.

A-42a = INÍCIO DE PISTA DUPLA

Adverte o condutor do veículo da existência, adiante, de pista em que os fluxos opostos de tráfego passam a ser separados por um canteiro ou obstáculo.

A-42b = FIM DE PISTA DUPLA

Adverte o condutor do veículo da existência, adiante, de pista em que fluxos opostos de tráfego deixam de ser separados por um canteiro ou obstáculo.

A-42c = PISTA DIVIDIDA

 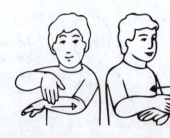

Adverte o condutor do veículo da existência de uma via onde os fluxos de tráfego de mesmo sentido de circulação passam a ser divididos por um canteiro ou obstáculo.

A-43 = AEROPORTO

Adverte o condutor do veículo da existência, adiante, de aeroporto ou aeródromo próximo à via.

A-44 = VENTO LATERAL

Adverte o condutor do veículo da existência, adiante, de trecho de via ao longo do qual ocorre frequentemente vento lateral forte.

A-45 = RUA SEM SAÍDA

 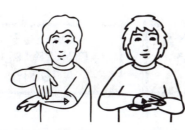

Adverte o condutor do veículo da existência de via sem continuidade.

A-46 = PESO BRUTO TOTAL LIMITADO

Adverte o condutor da existência, adiante, de restrição de peso bruto total máximo do veículo.

A-47 = PESO LIMITADO POR EIXO

Adverte o condutor da existência, adiante, de restrição de peso limitado por eixo do veículo.

A-48 = COMPRIMENTO LIMITADO

 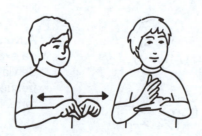

Adverte o condutor quanto ao comprimento máximo permitido ao veículo ou combinação de veículos para transitar na via ou pista.

SINALIZAÇÃO ESPECIAL DE ADVERTÊNCIA

• Para faixas ou pistas exclusivas de ônibus:

| FIM DA FAIXA EXCLUSIVA A 100 m | ÔNIBUS NO CONTRAFLUXO A 100 m |

| PISTA EXCLUSIVA DE ÔNIBUS A 150 m |  |

• Para pedestres:

- Para rodovias, estradas e vias de trânsito rápido:

- Informações complementares:

PLACAS DE IDENTIFICAÇÃO

- De rodovias e estradas:

- De municípios:
- Regiões de interesse de tráfego:

- De pontes, viadutos e passarelas:

- Placas de pedágio:

- De limite de municípios, divisa de Estados, fronteiras e perímetro urbano:

- Quilométrica:

- Placa indicativa de sentido:

- Placa indicativa de distância:

Vassouras	5 km
Paraíba do Sul	57 km
Três Rios	64 km

- Placa diagramada:

- Placas educativas:

| MOTOCICLISTA TRAFEGUE SOMENTE COM O FAROL ACESO | NÃO FECHE O CRUZAMENTO | USE O CINTO DE SEGURANÇA |
| MOTOCICLISTA USE SEMPRE O CAPACETE | VERIFIQUE OS FREIOS | OBEDEÇA A SINALIZAÇÃO |

PLACAS DE SERVIÇOS AUXILIARES

Indicam aos motoristas os locais e tipos de serviço de que podem fazer uso ao longo da via.

S-1 = ÁREA DE ESTACIONAMENTO

 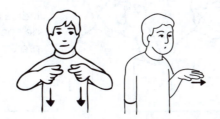

Indica a existência de um local onde é permitido o estacionamento de veículos automotores.

S-2 = SERVIÇO TELEFÔNICO

Indica a existência de serviço telefônico e a distância a que ele se encontra.

S-3 = SERVIÇO MECÂNICO

Indica a existência de uma oficina mecânica.

S-4 = ABASTECIMENTO

 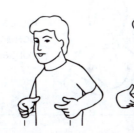

Indica a existência de posto para abastecimento e a distância a que ele se encontra.

S-5 = PRONTO-SOCORRO

 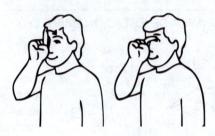

Indica a existência de um posto de socorro médico junto ou próximo à via.

S-6 = TERMINAL RODOVIÁRIO

Indica a existência de um terminal rodoviário.

S-7 = RESTAURANTE

Indica a existência de um restaurante e a distância a que ele se encontra.

S-8 = BORRACHEIRO

Indica a existência de uma borracharia para calibragem ou conserto do pneu do veículo.

S-9 = HOTEL

Indica a existência de um estabelecimento para pernoite.

S-10 = ÁREA DE CAMPISMO

Indica a existência de área para camping.

S-11 = AEROPORTO

Indica a existência de aeroporto nas proximidades.

S-12 = TRANSPORTE SOBRE ÁGUA

Indica a existência de uma balsa para travessia de veículos.

S-13 = TERMINAL FERROVIÁRIO

Indica a existência de um terminal ferroviário.

S-14 = PONTO DE PARADA

Indica o local ou ponto de parada dos veículos de transporte coletivo ou individual de passageiros.

S-15 = INFORMAÇÃO TURÍSTICA

 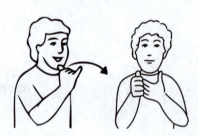

Indica a existência de um local onde são prestadas informações turísticas aos usuários da via.

S-16 = PEDÁGIO

Indica a existência de um posto de pedágio.

  Placas de serviços auxiliares para pedestres.

PLACAS DE ATRATIVOS TURÍSTICOS

Indicam aos motoristas e pedestres os pontos de referência e/ou acesso a atrativos turísticos.

Atrativos turísticos naturais

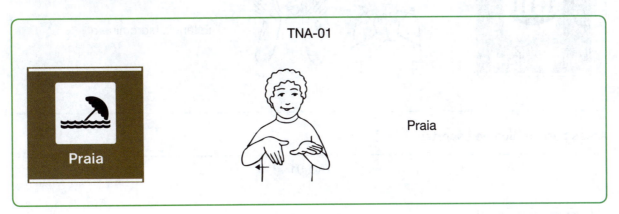
TNA-01 — Praia

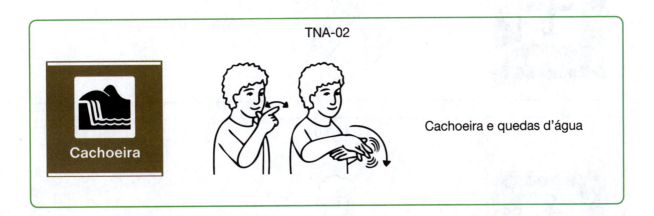
TNA-02 — Cachoeira e quedas d'água

TNA-03

  Patrimônio natural

TNA-04

   Estância hidromineral

Áreas para prática de esportes

TAD-01

  Aeroclube

TAD-02

  Marina

TAD-03

  Área para esportes náuticos

Atrativos históricos e culturais

THC-01

 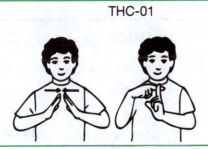 Templo

THC-02

 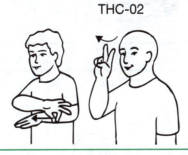 Arquitetura histórica

THC-03

 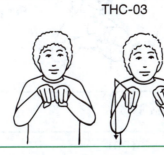 Museu

THC-04

   Espaço cultural

Áreas de recreação

TAR-01

 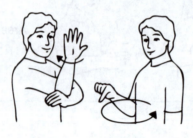 Área de descanso

TAR-02

  Barco de passeio

TAR-03

  Parque

Locais para atividades de interesse turístico

TIT-01

  Festas populares

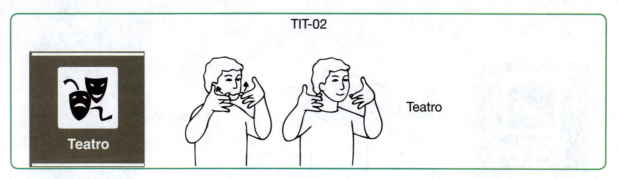
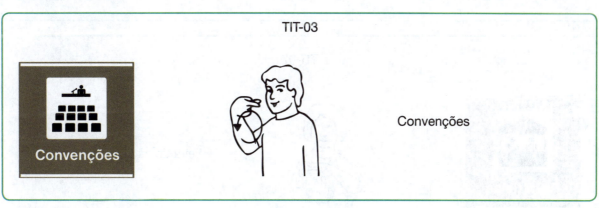
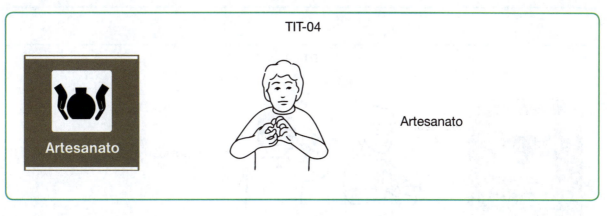
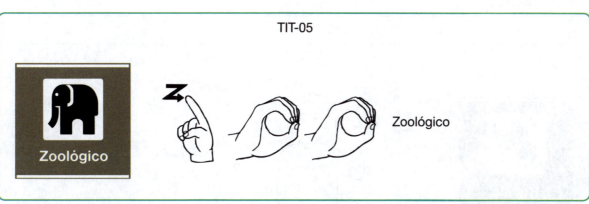

TIT-06

 Planetário

TIT-07

  Feira típica

TIT-08

   Exposição agropecuária

TIT-09

  Rodeio

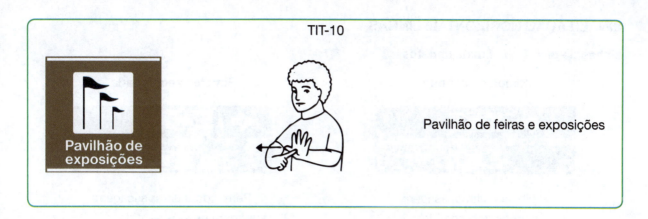

Placas de indicação de atrativos turísticos

Placas indicativas de sentido de atrativos turísticos

Placas indicativas de distância de atrativos turísticos

SINALIZAÇÃO HORIZONTAL: LINHAS

Linhas de divisão de fluxos opostos

Simples contínua

Proibida a ultrapassagem para os dois sentidos.

Simples seccionada

Permitida a ultrapassagem para os dois sentidos.

Dupla contínua

Proibida a ultrapassagem para os dois sentidos.

Dupla seccionada

Delimita a faixa que pode ter seu sentido de circulação invertido temporariamente, em função da demanda do fluxo de veículos.

Dupla contínua/seccionada

Permitida a passagem do lado tracejado.

Linhas de divisão de fluxos de mesmo sentido

Simples contínua

Não permite mudança de faixa.

Simples seccionada

Permite mudança de faixa.

MARCAS DE CANALIZAÇÃO

Essas marcas têm por objetivo orientar o fluxo do tráfego em uma via, indicando a direção dos veículos em circulação. Regulamentam as áreas pavimentadas que não podem ser utilizadas.

Separação de fluxo de tráfego de sentidos opostos

Separação de fluxo de tráfego do mesmo sentido

SINALIZAÇÃO HORIZONTAL: SETAS DIRECIONAIS E SÍMBOLOS

São inscrições no pavimento asfáltico, com a finalidade de melhorar a percepção dos condutores de veículo quanto às condições de operação da via e outras informações.

SIGA EM FRENTE OU VIRE À ESQUERDA	SIGA EM FRENTE OU VIRE À DIREITA	RETORNO À ESQUERDA

RETORNO À DIREITA	MUDANÇA OBRIGATÓRIA DE FAIXA	INDICAÇÃO DE MOVIMENTO EM CURVA

DÊ A PREFERÊNCIA	CRUZ DE SANTO ANDRÉ	BICICLETA

SERVIÇO DE SAÚDE	PESSOA COM DEFICIÊNCIA FÍSICA

Exemplo de aplicação de sinalização horizontal

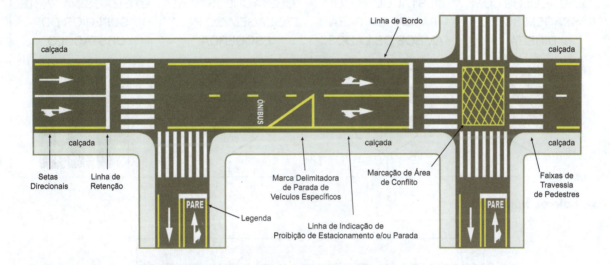

DISPOSITIVOS AUXILIARES

São elementos instalados no pavimento asfáltico da via, junto a ela ou nos obstáculos próximos, de forma a tornar mais eficiente e segura a dirigibilidade do motorista. São constituídos de materiais, formas e cores diversos, e podem ser ou não dotados de refletividade.

Dispositivos delimitadores

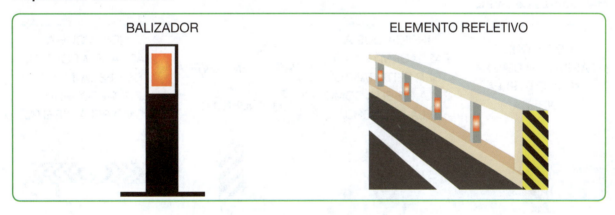

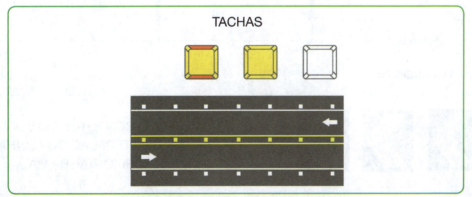

Dispositivos de sinalização de alerta

OBSTÁCULOS COM PASSAGEM SÓ PELA DIREITA.	OBSTÁCULOS COM PASSAGEM PARA AMBOS OS LADOS.	OBSTÁCULOS COM PASSAGEM SÓ PELA ESQUERDA.	UTILIZADO NA PARTE SUPERIOR DO OBSTÁCULO.

Exemplo de aplicação

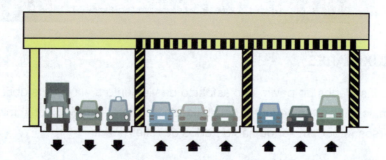

Marcadores de perigo

INDICA QUE A PASSAGEM DEVERÁ SER FEITA PELA DIREITA.	INDICA QUE A PASSAGEM PODERÁ SER FEITA TANTO PELA DIREITA COMO PELA ESQUERDA.	INDICA QUE A PASSAGEM DEVERÁ SER FEITA PELA ESQUERDA.	INDICA QUE A PASSAGEM PODERÁ SER FEITA TANTO PELA ESQUERDA COMO PELA DIREITA.

Marcadores de alinhamento

ALERTA O CONDUTOR DO VEÍCULO QUANDO HÁ ALTERAÇÃO DO ALINHAMENTO HORIZONTAL DA VIA.

Dispositivo luminoso

PAINEL ELETRÔNICO

Dispositivos de uso temporário

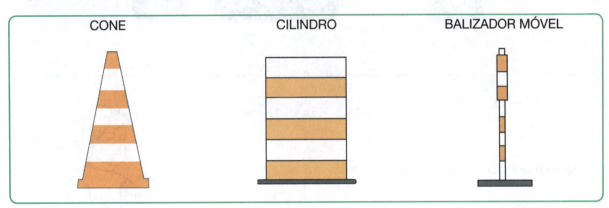

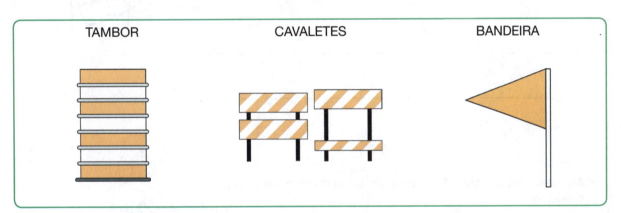

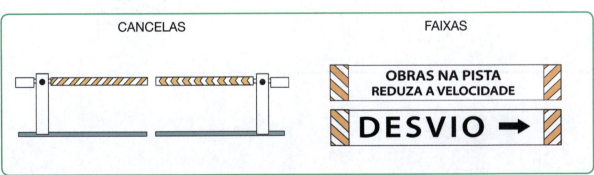

SINALIZAÇÃO SEMAFÓRICA DE REGULAMENTAÇÃO

Tem a função de realizar o controle do trânsito num cruzamento ou seção de via por meio de indicações luminosas, alternando o direito de passagem dos vários fluxos de veículos e pedestres.

Regulamentação para veículos

- **Vermelha:** indica obrigatoriedade de parar.

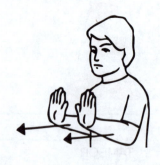

- **Amarela:** indica "atenção", devendo o condutor parar o veículo.

- **Verde:** indica permissão de prosseguir na marcha, respeitadas as normas gerais de circulação e conduta.

Regulamentação para pedestres

- **Vermelha:** indica que os pedestres não podem atravessar.

- **Vermelha intermitente:** assinala que a fase durante a qual os pedestres podem atravessar está a ponto de terminar.

- **Verde:** assinala que os pedestres podem atravessar.

Advertência

AMARELO INTERMITENTE: ADVERTE A EXISTÊNCIA DE OBSTÁCULO OU SITUAÇÃO PERIGOSA NA VIA.

GESTOS DOS AGENTES DA AUTORIDADE DE TRÂNSITO

Quando os condutores de um veículo se depararem com um agente da autoridade de trânsito deverão acatar suas ordens, pois os gestos dele prevalecem sobre as demais regras de circulação.

BRAÇO LEVANTADO VERTICALMENTE, COM A PALMA DA MÃO PARA A FRENTE.

Ordem de parada obrigatória para todos os veículos. Quando executada em interseções, os veículos que já se encontrem nela não são obrigados a parar.

BRAÇOS ESTENDIDOS HORIZONTALMENTE, COM A PALMA DA MÃO PARA A FRENTE.		Ordem de parada para todos os veículos que venham de direções que cortem ortogonalmente a direção indicada pelos braços estendidos, qualquer que seja o sentido de seu deslocamento.
BRAÇO ESTENDIDO HORIZONTALMENTE, COM A PALMA DA MÃO PARA A FRENTE, DO LADO DO TRÂNSITO A QUE SE DESTINA.		Ordem de parada para todos os veículos que venham de direções que cortem ortogonalmente a direção indicada pelo braço estendido, qualquer que seja o sentido e seu deslocamento.
BRAÇO ESTENDIDO HORIZONTALMENTE, COM A PALMA DA MÃO PARA BAIXO, FAZENDO MOVIMENTOS VERTICAIS.		Ordem de diminuição da velocidade.
BRAÇO ESTENDIDO HORIZONTALMENTE, AGITANDO UMA LUZ VERMELHA PARA UM DETERMINADO VEÍCULO.		Ordem de parada para os veículos aos quais a luz é dirigida.

| BRAÇO LEVANTADO, COM MOVIMENTO DE ANTEBRAÇO DA FRENTE PARA A RETAGUARDA E A PALMA DA MÃO VOLTADA PARA TRÁS. |  | Ordem de parada para todos os veículos que venham de direções que cortem ortogonalmente a direção indicada pelo braço estendido, qualquer que seja o sentido de seu deslocamento. |

Sinais sonoros

São os sinais emitidos pelo apito da autoridade de trânsito e seus agentes. Esses sinais sonoros somente devem ser utilizados em conjunto com os gestos dos agentes.

UM SILVO BREVE	**DOIS SILVOS BREVES**	**UM SILVO LONGO**

LIBERA O TRÂNSITO/ SENTIDO INDICADO PELO AGENTE.	INDICA PARADA OBRIGATÓRIA.	DEMONSTRA A NECESSIDADE DE DIMINUIR A MARCHA DOS VEÍCULOS.

GESTOS DE CONDUTORES

São sinais com o braço que os condutores de veículos fazem, independentemente da sinalização elétrica do veículo, a fim de indicar sua ação no trânsito de uma via.

CONVERSÃO À ESQUERDA	CONVERSÃO À DIREITA	REDUÇÃO OU PARADA

FINAIS DE PLACA PARA LICENCIAMENTO DE VEÍCULOS NO ESTADO DE SÃO PAULO

CARROS	
ABRIL	Placas Final 1
MAIO	Placas Final 2
JUNHO	Placas Final 3
JULHO	Placas Final 4
AGOSTO	Placas Final 5 e 6
SETEMBRO	Placas Final 7
OUTUBRO	Placas Final 8
NOVEMBRO	Placas Final 9
DEZEMBRO	Placas Final 0

Lembrando que essa tabela se modifica quando se trata do licenciamento de caminhões, como segue:

CAMINHÕES	
SETEMBRO	Placas Final 1 e 2
OUTUBRO	Placas Final 3, 4 e 5
NOVEMBRO	Placas Final 6, 7 e 8
DEZEMBRO	Placas Final 9 e 0

CAPÍTULO II

DIREÇÃO DEFENSIVA

Direção defensiva é a busca da maneira correta de o motorista conduzir o veículo para si e para os demais usuários das vias de trânsito, sejam eles condutores, passageiros ou pedestres, observando as regras e evitando incidentes ou acidentes. O condutor de veículos deve estar sempre atento às suas ações no trânsito e nunca se descuidar das ações das outras pessoas.

O perigo no trânsito pode ser previsto. O motorista cauteloso, antes de conduzir seu veículo, por exemplo, para ir trabalhar, deve ater-se a vários detalhes simples, como verificar se o veículo está em perfeito estado de funcionamento (faróis, indicadores de direção – setas –, limpadores de para-brisas, buzina, pneus, etc.) e pronto para o uso. Evitar sair de casa atrasado também é uma atitude cautelosa, pois se houver engarrafamentos não é necessário entrar em desespero; além disso, é bom conhecer caminhos alternativos, pois, se for necessário, pode-se usá-los como escape. É importante seguir as regras de trânsito rigorosamente, evitando qualquer ação ou omissão que possa contribuir para a ocorrência de um acidente. Seguindo esses pequenos detalhes, a ocorrência de incidentes ou acidentes será mínima.

No capítulo 3 do Código de Trânsito Brasileiro (CTB), "Normas Gerais de Circulação e Conduta", estão elencadas as formas corretas para a circulação de veículos automotores e a conduta (maneira de agir do motorista) que ajuda a evitar acidentes.

A direção defensiva preventiva se dá quando o condutor assume a direção do veículo, adotando atitudes contínuas para evitar situações de risco.

Exemplo: O motorista faz a manutenção constante do seu veículo, prevendo o desgaste dos freios, a queima de componentes elétricos e outros.

Trata-se da correção de uma situação imprevista. O condutor deve estar atento para que, no caso de uma situação imprevista, ele possa evitar um acidente.

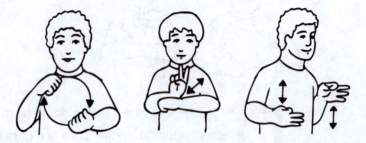

Curiosidade: Estatísticas comprovam que, a cada dois motoristas, um já esteve envolvido em algum tipo de acidente de trânsito. Os acidentes de trânsito são causados:

> 90% – FALHAS HUMANAS
> 6% – FALHAS MECÂNICAS
> 4% – CONDIÇÕES DAS VIAS DE TRÁFEGO

Podemos dizer que as falhas mecânicas e a má conservação das vias derivam da falha humana, pois sua manutenção e reforma dependem do homem. Assim sendo, há que se acreditar que, então, 100% dos acidentes são causados por falhas humanas.

Exemplo: O condutor de um veículo automotor sabe que a via está esburacada e mal sinalizada, mas assim mesmo dirige em alta velocidade. Com essa atitude, ele coloca a si mesmo e os demais em perigo.

É notório que nossos atos inseguros no trânsito – quando deixamos de lado as normas de circulação estabelecidas por lei – são os maiores vilões para a ocorrência de acidentes. Se nos conscientizássemos da necessidade de rever nossas atitudes, essa situação seria diferente.

Não praticar a direção defensiva, seja ela preventiva ou corretiva, é uma irresponsabilidade do condutor, além de uma forma de desobediência ao que preconiza o Código de Trânsito Brasileiro.

CONDIÇÕES ADVERSAS

Sabemos que durante a condução de veículo estamos sujeitos a várias condições adversas. São elas:

CONDIÇÕES ADVERSAS DE ILUMINAÇÃO

Refere-se à luminosidade, seja natural ou artificial, dia ou noite. A luz pode tornar-se uma condição adversa em casos de falta (causando penumbra) ou excesso (causando ofuscamento). Outras condições são a incidência direta de raios solares, reflexos da luz solar, luz alta em sentido contrário e luz alta no espelho retrovisor.

PENUMBRA

Ocorre com frequência entre o final da tarde e início da noite, e entre o final da madrugada e o nascer do dia. Nesses casos, os veículos devem circular, no mínimo, com os faróis baixos ligados.

OFUSCAMENTO

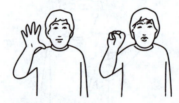

É o excesso de luminosidade que atinge a visão causando cegueira momentânea. Pode ser agravada com a falta do para-sol ou sua ineficiência.

Os veículos de transporte de passageiros e as motocicletas devem trafegar com os faróis baixos sempre ligados, independentemente se é dia ou noite.

CONDIÇÕES ADVERSAS DE TEMPO

Tem relação com as intempéries atmosféricas, como chuvas, granizo, ventos fortes, cerração ou neblina, fumaça, frio ou até mesmo o calor. Essas condições podem afetar a dirigibilidade do veículo.

CHUVA

Reduz a visibilidade do motorista e a aderência dos pneus na via, tornando as manobras de emergência mais difíceis. As consequências desse tipo de condição adversa de tempo são a aquaplanagem e as enchentes.

GRANIZO

Chuva acompanhada de pequenas pedras de gelo. O barulho das pedras chocando-se contra a lataria do veículo causa medo e distração nos ocupantes do veículo, podendo gerar acidentes.

VENTOS FORTES

É um fenômeno inesperado. Em vias onde há incidência de ventos fortes laterais, há a sinalização de advertência (A-44), para que o condutor circule com cautela e em velocidade reduzida, pois o vento influi na estabilidade do veículo. Deve-se circular com os vidros fechados, pois galhos de árvores e outros objetos podem ser arremessados contra o veículo.

NEBLINA

É a condensação da água em forma de gotículas, formando espécies de nuvens próximas ao solo. Tem incidência maior à noite ou durante a madrugada, geralmente em vales. A neblina é grande causadora de acidentes, como engavetamento, devido à falta de visão.

FUMAÇA

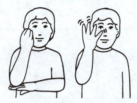

Ocorre durante queimadas da vegetação próxima às vias de circulação de veículos. Estas podem ser provocadas por queda de balões, pontas de cigarros acesas, etc.

FRIO E CALOR

Também afetam as condições mecânicas do veículo e as condições físicas do condutor.

CONDIÇÕES ADVERSAS DE VIA

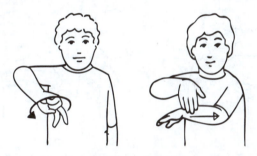

Diz respeito às condições da faixa de rolamento, como buracos, falta de sinalização de solo ou ausência de placas.

Sempre antes de tomarmos a condução de um veículo e iniciarmos um percurso, devemos nos certificar das condições das vias que utilizaremos para chegar ao destino. Caso tenha conhecimento de que o percurso a seguir possui vias esburacadas ou não há acostamentos, faça um planejamento do horário que deverá estar em seu compromisso e saia de casa com antecedência para evitar dissabores com relação ao trânsito ou mesmo com o veículo.

Os caminhões com cargas pesadas devem transitar somente em vias em que seu peso seja permitido, a fim de não serem causadores de maiores danos às vias.

Os órgãos de trânsito responsáveis pela via são incumbidos da implantação da sinalização, respondendo pela sua falta, insuficiência ou colocação incorreta.

CONDIÇÕES ADVERSAS DE TRÂNSITO

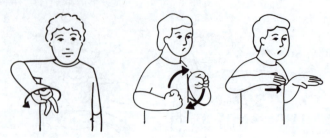

Acidentes de trânsito, congestionamentos e horários de maior fluxo de veículos (chamados horários de "pico") são condições que influenciam na velocidade e no "desafogamento" do trânsito.

O trânsito ainda pode tornar-se mais vagaroso quando há veículos como bicicletas (tração humana), carroças ou charretes (tração animal) e caminhões de longa extensão na pista.

A educação para o trânsito, a aplicação das normas de circulação e conduta e o uso correto das técnicas de direção defensiva podem minimizar consideravelmente o número de acidentes de trânsito.

CONDIÇÕES ADVERSAS DO VEÍCULO

São condições geralmente provocadas pela negligência do dono em relação à revisão periódica do veículo. Por exemplo, o estado de desgaste dos pneus; o funcionamento do sistema elétrico, de freios, de direção e de suspensão. Com relação aos pneus, há tópicos importantíssimos para serem observados, pois eles são responsáveis pela impulsão do veículo, pela aderência quando ocorre a frenagem e pela dirigibilidade.

São eles:

CALIBRAGEM

Manter os pneus com a calibragem recomendada pelo fabricante. Isso mantém sua dirigibilidade e auxilia na economia de combustível e do próprio desgaste natural do equipamento.

DESGASTE

Os pneus possuem sulcos, e a medida oficial para se dizer se estão ou não em condições de uso é 1,6 milímetro. O sulco tem a função de escoar a água no asfalto, garantindo uma aderência satisfatória.

DEFORMAÇÕES NA CARCAÇA

Observar se o pneu possui bolhas ou mesmo cortes, os quais influenciam sensivelmente na dirigibilidade e alinhamento do veículo.

DIMENSÕES IRREGULARES

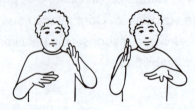

Descumprir as especificações fornecidas pelo fabricante do veículo voluntariamente, utilizando pneus de dimensões diferentes, causando danos à suspensão do veículo e à sua dirigibilidade.

E, ainda, no caso de utilizar um veículo que não seja de sua propriedade, cujos equipamentos e acessórios são desconhecidos, é importante antes de usá-lo fazer um *check list* para assegurar-se das perfeitas condições de uso.

CONDIÇÕES ADVERSAS DE PASSAGEIROS

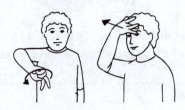

Essa condição adversa diz respeito aos ocupantes de veículos automotores em movimento. Se estão sentados corretamente no veículo, utiliza-se o cinto de segurança; no caso de motocicletas, utiliza-se o capacete. Seja qual for o veículo utilizado há de se ter em mente que a distração é causadora da grande maioria dos acidentes.

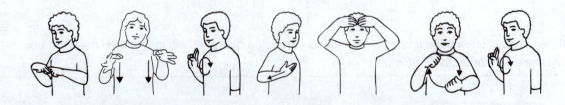

CONDIÇÕES ADVERSAS DE CONDUTOR

Para tomar a direção de um veículo, o condutor deve estar descansado e relaxado, não deve ter ingerido bebida alcoólica ou outro tipo de substância entorpecente, nem mesmo deve estar sob efeito de algum tipo de medicação que altere suas funções.

O estado físico e mental do motorista deve ser perfeito, pois qualquer condição diferente da normalidade incidirá substancialmente na possibilidade de ocorrer um acidente consigo ou com terceiros.

CONDIÇÕES ADVERSAS DE CARGA

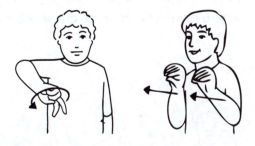

A carga transportada por qualquer veículo automotor pode se tornar um risco quando esse transporte não for feito de forma adequada, sem o perfeito acondicionamento dos volumes, sem amarras, traves de proteção ou calços, ou mesmo com excesso de altura ou largura.

DICAS PARA DIREÇÃO EM SITUAÇÕES ADVERSAS

Chuva: reduzir a velocidade, manter a distância de segurança com relação aos demais veículos e, caso a chuva seja intensa, impossibilitando a visão perfeita do tráfego e da faixa de rolamento, parar em um local seguro (um posto de gasolina, por exemplo), nunca em acostamentos, debaixo de pontes ou próximo à faixa de rolamento onde trafegam outros veículos.

Deve-se ter conhecimento de que não é a chuva em sua plenitude que causa os acidentes. Já foi comprovado que a maioria dos acidentes ocorre no início da chuva, pois o pavimento da via ainda contém resíduos de óleo de motor ou de outros tipos sobre sua superfície. Esses resíduos em contato com a água tornam-se escorregadios e, aliados à falta de previsibilidade dos motoristas, tornam-se o bastante para que no início de uma chuva aconteçam acidentes. Depois de um tempo de chuva, o asfalto é lavado e diminui o problema de pista escorregadia por resíduos, mas pode haver deslizamentos, devido à aquaplanagem. Assim, em situações de chuva, os condutores de veículos devem estar sempre cautelosos, tanto no início, quanto durante a precipitação de água.

Neblina ou cerração: reduzir a velocidade, acender os faróis baixos (nunca farol alto); e, caso necessário, procurar um local seguro para estacionar até que a neblina ou cerração passe. Nunca acione o "pisca-alerta".

VOCÊ SABIA?

A neblina, ou cerração, é o agrupamento de pequenas gotículas de água. Ao acionar os faróis altos do veículo, essas gotículas funcionam como um espelho. Por isso, a luminosidade dos faróis é refletida de volta aos seus olhos, causando incômodo e dificuldade de visualização da via. É por esse motivo que se recomenda o uso de faróis baixos quando se deparar com uma situação dessas. Podem-se usar também os faróis de neblina, mas não se pode confundi-los com faróis de milha.

Noite: manter a velocidade compatível com o local e a atenção redobrada em relação aos demais veículos e, principalmente, aos pedestres, pois durante a noite ficam camuflados na escuridão.

Faróis ofuscando: reduzir a velocidade na hora de cruzar com o outro veículo e nunca aumentar os faróis do veículo, a fim de ofuscar a vista do outro condutor, pois, se o fizer, pode-se gerar uma "guerra de faróis".

Aquaplanagem: é uma fina camada de água que se deposita no pavimento de circulação dos veículos, geralmente durante ou após a chuva. A aquaplanagem aliada à alta velocidade faz com que os pneus percam o contato com o pavimento, deixando de ocorrer o atrito, fazendo com que o veículo plane sobre a água e perca sua dirigibilidade e direcionalidade. Nesse caso, o motorista, em dias de chuva, deve manter a velocidade baixa; e, caso não conheça o local e se deparar com esse evento, deverá apenas segurar firme o volante e manter uma velocidade constante e segura; nunca deverá pisar no freio, pois, sem aderência, fará com que o veículo fique girando aleatoriamente até que pare por si só ou se choque contra algum obstáculo. Também não deve, quando se deparar com uma condição adversa desse tipo, retirar bruscamente o pé do acelerador, pois pode perder o controle do veículo.

Fumaça na pista: reduzir um pouco a velocidade, nunca parar na faixa de rolamento ou no acostamento. Manter-se atento aos veículos que trafegam à sua frente e ligar os faróis (para ser visto); nunca acionar o "pisca-alerta".

ELEMENTOS BÁSICOS DE DIREÇÃO DEFENSIVA

CONHECIMENTO

O condutor de veículo automotor deve ter pleno conhecimento das regras de trânsito e circulação impostas pelo Código de Trânsito Brasileiro (CTB) e outras publicações a respeito.

ATENÇÃO		Todo veículo automotor requer alto grau de atenção ao ser conduzido. A atenção deve ser dada à via e aos demais veículos e pedestres que o rodeiam. É importante evitar distrair-se com propagandas externas, conversar com os ocupantes do veículo, ouvir som alto ou falar ao celular.
PREVISÃO	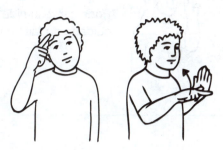	O motorista deverá estar sempre atento, prevendo o que poderá ocorrer à sua frente. A previsão pode ser a longo prazo, revisando seu veículo antes de iniciar uma viagem; ou de curto prazo, prevendo que um pedestre poderá atravessar subitamente a via logo adiante. O condutor deve estar sempre preparado para tomar decisões em situações inesperadas.
DECISÃO	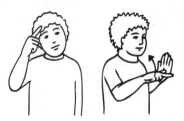	Encontrar soluções rápidas e colocá-las em prática para evitar ou amenizar a ocorrência de um acidente de trânsito. Ao ser precavido, o condutor estará sempre um passo à frente do que possa ocorrer, o que o torna capacitado a tomar uma decisão correta e segura ante a qualquer evento inesperado.
HABILIDADE		O condutor após habilitar-se deverá treinar intensamente antes de sair utilizando as vias de trânsito. Quando se fala em habilidade não se trata apenas da perfeita direção, mas também do domínio do uso dos equipamentos e controles dos veículos, utilizando-os com perícia, sempre que necessário.

As ações ou omissões de natureza voluntária, por negligência, imprudência ou imperícia, estão previstas no artigo 186 do Código Civil Brasileiro, tratando do descumprimento do direito de terceiros ou provocando danos a eles.

NEGLIGÊNCIA  Pode ser resumida como uma falta de cuidado ou falta de atenção.

IMPRUDÊNCIA 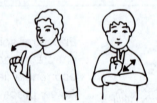 Não pode ser classificada como uma falta de atenção, pois já é considerada má-fé, algo intencional (refere-se a quem conhece os riscos e assim mesmo prossegue na ação).

IMPERÍCIA   Nada mais é que a falta de experiência ou habilidade do condutor de veículo automotor.

ACIDENTES

INCIDENTE DE TRÂNSITO	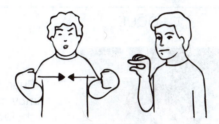	É um evento não planejado, de menor potencial de gravidade, mas que pode gerar um acidente.

ACIDENTE DE TRÂNSITO		É um evento indesejado que causa danos no veículo e lesões no condutor, no passageiro ou mesmo em pedestres, podendo ser essas lesões classificadas como leves, médias e graves.

Ambos podem ser previstos e evitados por meio de uma direção segura e cautelosa. Os acidentes de trânsito são classificados em:

ACIDENTE EVITÁVEL		É aquele em que o condutor deixou de fazer algo que possivelmente poderia evitar que o acidente ocorresse.

ACIDENTE INEVITÁVEL		É aquele que independe do conhecimento e da atenção do condutor, do veículo ou de um conjunto de fatores adversos, alheios à sua vontade.

TIPOS DE ACIDENTES

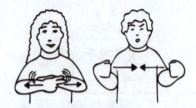

CHOQUE

Quando um veículo em movimento atinge um obstáculo fixo (poste, muro, etc.), seja frontal, traseira ou lateralmente.

ABALROAMENTO

Quando dois veículos em movimento se tocam lateralmente.

COLISÃO

Quando veículos em movimento se tocam de frente ou de traseira.

TOMBAMENTO

Quando um ou mais veículos, após sofrerem um choque, abalroamento ou colisão, tombam permanecendo com suas rodas para o lado.

CAPOTAMENTO

Quando um ou mais veículos, após sofrerem um choque, abalroamento ou colisão, tombam girando sobre si, permanecendo com as rodas para o alto.

COMO EVITAR

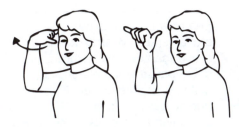

CHOQUE

Manter velocidade compatível com a via, manter os pneus em perfeita condição de uso e quando realizar curvas, fazê-las em velocidade pertinente, entre outros.

COLISÃO COM VEÍCULO À FRENTE

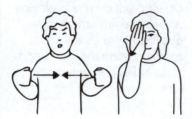

Manter a distância de segurança, prevendo que o veículo à sua frente poderá verificar um obstáculo, tendo que frear.

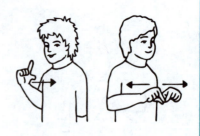

COLISÃO COM VEÍCULO DE TRÁS

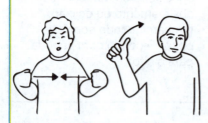

Manter velocidade apropriada, verificar se o veículo que vem atrás mantém a distância de segurança. Nunca frear brusca ou desnecessariamente. Se ocorrer algum problema à sua frente, pisar levemente no freio do veículo, soltar, pisar novamente, até que o motorista à sua traseira perceba que você irá parar.

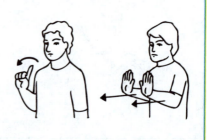

COLISÃO EM CRUZAMENTOS

Sempre parar antes dos cruzamentos. Mesmo que a sinalização de solo indique que a passagem preferencial é sua, é recomendável que ao passar em um cruzamento o faça em baixa velocidade, para que seja possível observar se o veículo que vem da outra direção respeitará essa sinalização. Sempre dar a preferência a quem vem da sua direita.

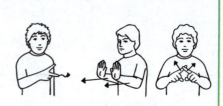

COLISÕES EM ULTRAPASSAGEM

Antes de ultrapassar, certificar-se de que a sinalização de solo permite essa manobra. Verificar se está em velocidade compatível com a ultrapassagem e se não há nenhum veículo vindo em direção contrária em alta velocidade. Nunca ultrapasse pela direita do veículo que vai à sua frente ou mesmo pelo acostamento.

ATROPELAMENTO

Dirigir cautelosamente, sempre atento aos pedestres que utilizam a calçada das vias. Respeitar os semáforos e as faixas de pedestres sinalizadas no solo das vias.

COLISÃO COM BICICLETAS

Deve-se ter atenção redobrada, pois a maioria dos condutores desse veículo de tração humana são crianças ou jovens, que circulam entre os veículos automotores e desconhecem o Código de Trânsito Brasileiro (CTB) e suas regras de circulação.

COLISÃO COM MOTOCICLETAS OU CICLOMOTORES

Redobrar a atenção, pois em função da velocidade de ambos os veículos, qualquer acidente pode ser grave, ou até fatal.

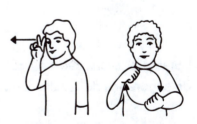

ATITUDES SEGURAS NO TRÂNSITO

A condução de um veículo automotor deve ser pautada sempre no conceito de direção defensiva. O motorista deve estar atento às intempéries do tempo (chuva, neblina e outros) e ater-se aos demais usuários das vias de trânsito (motoristas ou pedestres).

É importante comportar-se da seguinte forma:

Utilizar o cinto de segurança, verificando se o seu travamento mecânico está funcionando corretamente.

Estar sempre atento para as adversidades.

Durante a circulação na vias, manter uma **distância de segurança** do veículo que vai à frente, podendo ser:

DISTÂNCIA DE SEGUIMENTO

Aquela que se deve manter do veículo que vai à sua frente, que possa ser segura no caso de uma frenagem brusca do outro veículo.

DISTÂNCIA DE PARADA

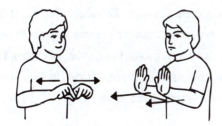

Aquela que o veículo percorre, desde a visualização de uma situação de perigo até sua parada.

DISTÂNCIA DE FRENAGEM

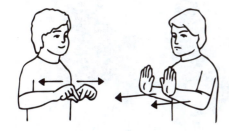

Aquela que o veículo percorre com os freios acionados até a parada total.

DISTÂNCIA DE REAÇÃO

Aquela que o veículo percorre desde que vê a situação de perigo até o momento em que aciona o freio.

O CINTO DE SEGURANÇA

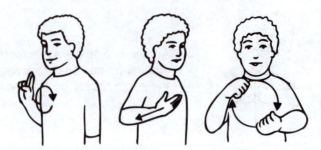

Equipamento de segurança do condutor ou dos passageiros de veículos automotores, comprovadamente eficaz.

Sua utilização é obrigatória, conforme preceitua o Código de Trânsito Brasileiro (CTB), e evita que o motorista bata com a cabeça no para-brisas, com o peito no volante do veículo ou mesmo, que os demais ocupantes sejam projetados para fora do veículo, em caso de colisão, choque, tombamento ou capotamento. Mesmo com o uso do cinto de segurança, os usuários de um veículo podem vir a se ferir, mas a redução da gravidade desses ferimentos é enorme.

TIPOS DE CINTO DE SEGURANÇA

CINTO SUBABDOMINAL

Impede o lançamento do condutor ou passageiro para fora do veículo, mas, se houver a projeção do corpo para a frente, não impede lesões no tórax e cabeça. Aumenta em 33% a chance de sobrevivência da vítima.

CINTO DIAGONAL

Impede a projeção do motorista ou passageiro para a frente, mas não evita lesões nas pernas, coluna e pescoço. Aumenta em 44% a chance de sobrevivência da vítima.

CINTO DE TRÊS PONTOS FIXO

É seguro. Evita a projeção do motorista ou passageiro para fora do veículo, mas, como não se movimenta, pode causar danos à coluna vertebral do usuário.

CINTO DE TRÊS PONTOS RETRÁTIL

O mais seguro, evita que o passageiro seja lançado para fora do veículo, para a frente ou que escorregue por baixo do cinto. Aumenta em 57% a chance de sobrevivência da vítima.

IMPORTANTE

Os passageiros de automóveis, quando estiverem utilizando o cinto de segurança, nunca deverão reclinar o banco, pois se houver algum tipo de acidente (colisão ou choque) poderão ter sérios problemas de rompimento na coluna cervical, na altura do pescoço, com perigo de paraplegia ou de morte.

USO DE CINTO DE SEGURANÇA POR GESTANTES

O fato de uma mulher estar grávida não a exime da obrigatoriedade do uso de cinto de segurança. A gestante deve procurar a melhor forma de colocar o cinto ao redor de seu corpo. Caso não possa utilizar o cinto de três pontos, deverá ocupar o banco traseiro utilizando o cinto subabdominal. No entanto, o mais aconselhável é o de três pontos.

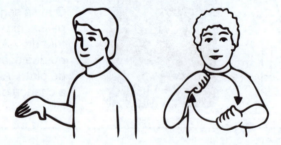

Toda criança deve usar o cinto de segurança e ser conduzida no banco traseiro.

Crianças com 10 anos ou mais podem ser conduzidas no banco dianteiro, mas antes é preciso verificar se a altura da criança é compatível com o cinto de três pontos, a fim de que não fique numa posição que envolva o pescoço do pequeno passageiro.

Os bebês, até 1 ano de idade, devem ser colocados em assentos conhecidos como "bebê conforto", fixados com o próprio cinto de segurança já existente nesses assentos e com o cinto de segurança do veículo, que deve ser colocado de forma a prendê-los. Tal acessório deve estar fixado no banco de trás, atrás de um dos bancos (motorista ou passageiro), à escolha do condutor e, principalmente, de forma que o bebê fique voltado de costas ao fluxo do trânsito.

Crianças com idade entre 1 e 4 anos deverão usar dispositivo de retenção chamado "cadeirinha", adaptado ao seu tamanho.

Crianças com idade entre 4 e 7 anos e meio deverão ser transportadas nos equipamentos de retenção denominados "assento de elevação".

MANEIRA CORRETA DE DIRIGIR O VEÍCULO

A sua segurança no trânsito e a segurança dos demais usuários depende da maneira como você conduz seu veículo.

Comportamentos corretos:

- antes de assumir a direção de um veículo automotor, tenha em mente a sua responsabilidade. Dirigir não é tarefa simples e a integridade física das pessoas ao seu redor depende da sua forma cautelosa, generosa e calma de dirigir;
- quando estiver dirigindo, mantenha as mãos no volante do veículo;
- mantenha os espelhos retrovisores, tanto externos quanto o interno, perfeitamente ajustados, para que sua visão periférica não seja prejudicada;
- quando estiver em movimento, não curve o corpo para apanhar objetos no console, painel ou nos bancos; se houver grande necessidade de apanhar algum objeto, pare o veículo;
- não acenda cigarros ou fume enquanto estiver dirigindo;
- caso apareça algum inseto no interior do veículo, não se distraia ao tentar espantá-lo ou matá-lo. Caso seja necessário, pare o veículo em local seguro para fazer isso;
- não coma ou beba durante a direção do veículo. Se necessitar, pare em um restaurante ou local apropriado para isso;
- não fale ao telefone ou mesmo utilize fones de ouvido; caso seja preciso, aconselha--se parar o veículo em local seguro.

Se as indicações acima não forem corretamente seguidas, o condutor poderá causar um acidente.

DIREÇÃO DEFENSIVA NA CONDUÇÃO DE MOTOCICLETAS E OUTROS VEÍCULOS

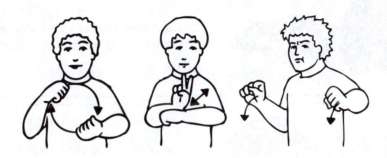

Ao guiar uma motocicleta, triciclo, quadriciclo, ciclomotor ou motoneta, o condutor deverá sempre voltar sua atenção para outros motociclistas ou condutores de veículos que trafegam ao seu redor.

Sempre utilizar o capacete e, se estiver transportando algum passageiro, deverá fazer com que este também o use.

O capacete foi projetado para que, no caso de queda do motociclista, choque contra obstáculo, colisão com veículo ou qualquer outro tipo de acidente, a calota craniana do condutor seja preservada, sem risco de traumatismos. Mas, para que isso seja possível, o condutor da motocicleta deve ajustar a presilha de fixação (jugular) do capacete de forma correta para que o equipamento fique firme na sua cabeça. E, principalmente, o capacete deve ser do tamanho da cabeça de seu usuário, para que não balance ou encubra sua visão.

Existem quatro tipos de capacetes certificados pelo Instituto Nacional de Metrologia (Inmetro) para uso dos motociclistas:

Capacete integral com viseira e pala

Capacete integral sem viseira e com pala (uso obrigatório de óculos autorizados pelo Detran)

Capacete misto com queixeira removível, com pala e sem viseira (uso obrigatório de óculos autorizados pelo Denatran)

Capacete aberto (Jet) sem viseira, com ou sem pala (uso obrigatório de óculos autorizados pelo Detran)

Os capacetes tipo "coquinho", ciclístico ou aqueles usados em obras (EPI) não são autorizados pelo Denatran. Caso sejam utilizados, o condutor estará incorrendo em infração de trânsito, sujeito a multa e retenção do veículo.

Capacete "coquinho"

Capacete ciclístico

Capacete de EPI

Todo o capacete deve ter colado na parte externa de seu casco, dispositivos retrorreflexivos (na parte dianteira, traseira e laterais), os quais, durante a noite, com a incidência dos faróis dos demais veículos, iluminem identificando a presença do condutor.

Quanto aos óculos, deverão ser usados somente os autorizados pelo Denatran, sendo proibido nos capacetes sem viseira o uso de óculos de sol, óculos de grau ou de segurança no trabalho.

Óculos autorizados pelo Detran

Tudo o que diz respeito ao uso de capacete ou óculos apropriados para a condução de motocicleta, quando o capacete não dispuser de viseira, é válido também para o passageiro.

MANEIRA CORRETA DE GUIAR

O motociclista deve adotar certos comportamentos no trânsito a fim de evitar acidentes e preservar sua integridade física:

- quando estiver guiando, direcionar sua atenção para a condução do veículo;
- manter as duas mãos no guidom;
- ter em sua motocicleta os dois espelhos retrovisores (para fins de fiscalização de trânsito é aceito apenas um espelho retrovisor, mas para sua segurança e para que tenha uma visão periférica perfeita é necessário o uso dos dois espelhos retrovisores. Devido a isso as motocicletas e outros ciclos saem de fábrica com dois desses equipamentos de segurança);
- manter os espelhos retrovisores ajustados;
- não falar ao celular;
- não comer;
- não sobrecarregar a motocicleta;
- se for necessário conduzir passageiro, levar apenas um;

- não se curvar para apanhar objetos com o veículo em movimento;
- não se distrair para espantar ou matar insetos;
- ter habilidade necessária para conduzir a motocicleta, estando apto a safar-se de qualquer evento que possa ocasionar um acidente, com cautela e perícia;
- manter uma postura segura para conduzir:

- cabeça em posição vertical, sempre voltada para a frente;

- braços relaxados; cotovelos apontados para baixo;

- mãos segurando o centro da manopla e punhos levemente abaixados em relação às mãos;

- joelhos fazendo uma leve pressão contra o tanque de combustível;

- pés paralelos ao solo, o salto do sapato deverá estar encaixado na pedaleira. A ponta do pé esquerdo deverá estar no pedal do câmbio e a do pé direito no pedal do freio traseiro;

- quadril junto ao tanque de combustível, de forma que permita efetuar manobras com o guidom sem esforços no ombro.

CONDUÇÃO EM VIAS URBANAS E RODOVIAS

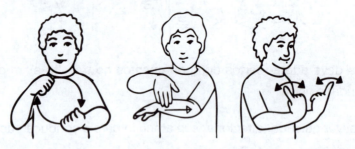

O motociclista, tanto nas vias urbanas quanto em rodovias, sempre deverá manter os faróis baixos de sua motocicleta acesos (de dia ou de noite), pois é uma forma de ser visto constantemente pelos demais usuários das vias.

A viseira do capacete deve estar sempre abaixada, sendo vedado pelo Código de Trânsito Brasileiro (CTB) o uso de películas que as escurecem.

Aplique corretamente as regras de segurança.

Quando estiver em um cruzamento de via, o motociclista deve parar totalmente a motocicleta e verificar se todos os lados favorecem seu cruzamento.

É preciso manter uma distância de segurança dos veículos que seguem à frente, além de aumentar a atenção em relação aos pedestres, ciclistas ou animais que circulam nas vias.

Transitar sempre pela direita, nunca pelos "corredores" formados pelos veículos, utilizando a esquerda somente para ultrapassagem. Quando for efetuar uma ultrapassagem, ela deve ser devidamente sinalizada e realizada após certificar-se de todas as medidas de segurança.

Manter velocidade compatível com a via e, em curvas, reduzir a velocidade para que seja possível fazer a tomada da curva corretamente, evitando invadir a via de fluxo contrário.

Fazer manutenções periódicas de freios, pneus e sistema elétrico da motocicleta.

É aconselhável que seja instalada na motocicleta uma "antena corta linha" para evitar que linhas baixas, provenientes de pipas, próximas ao solo, enrosquem no motociclista causando cortes no rosto, pescoço, tórax ou membros superiores, sendo, em alguns casos, até fatais.

As regras para o transporte de carga em motocicletas são previstas pelo Conselho Nacional de Trânsito (CNT). Além das regras de circulação já previstas no Código de Trânsito Brasileiro (CTB), esse Conselho prevê que as motocicletas só podem transportar carga em baús, podendo ser laterais, em alforjes, desde que esses equipamentos estejam bem presos ao veículo e não excedam a largura do guidom. Quando a motocicleta for utilizada para o transporte de cargas, tanto os baús, quanto os alforjes e o capacete do condutor deverão possuir faixas retrorreflexivas e o condutor, ainda, deverá utilizar um colete com o mesmo material e de cor fluorescente.

O semirreboque poderá ser utilizado em motocicletas, desde que cumpridas as normas estabelecidas pelo Contran (Conselho Nacional de Trânsito), as quais estabelecem que este não poderá ter mais de 1,15 metro de largura, 0,90 metro de altura e 2,15 metros de comprimento total, devendo, também, estar sinalizado com faixas retrorreflexivas.

PONTO CEGO

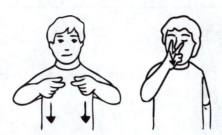

Pontos cegos são zonas na parte exterior do veículo em que um objeto ou pessoa é ocultado por uma obstrução ou limitação de visibilidade, provocada pelas peças estruturais e as dimensões do próprio veículo. De modo geral, os veículos possuem quatro zonas de ponto cego: frontal, traseira e as laterais.

A visibilidade restrita em manobras de estacionamento ou mesmo em cruzamentos é uma das principais causas de acidentes de trânsito com pedestres (adultos e crianças), ciclistas e até motociclistas.

> Evite acidentes ao mudar de pista, mantenha os espelhos laterais a 90° para reduzir os pontos cegos.
>
> A boa visibilidade é igual a zero acidente de trânsito.

Uma das maneiras mais precisas de verificar se você não está no "ponto cego" do condutor à sua frente é colocar seu veículo atrás do dele de forma que tenha uma visão total do rosto do motorista, assim, pode ter certeza de que você também está sendo visto por ele e fora do "ponto cego".

Visibilidade dos veículos

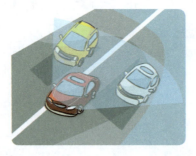

As colunas dos veículos contribuem para pontos cegos.

Maneira correta de usar os espelhos retrovisores.

Espelho retrovisor externo posicionado a 90°.

CAPÍTULO III

PRIMEIROS SOCORROS

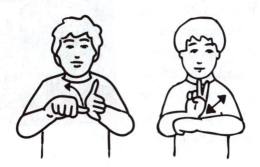

O trânsito é feito de pessoas, e o ser humano é falho. É por isso que acidentes e incidentes ocorrem. É muito importante ter noções de primeiros socorros, pois por meio de ações rápidas e preventivas é possível estabilizar o estado da vítima de um acidente, até a chegada de um socorro especializado. Com isso, as vítimas terão mais chances de sobrevivência e poderão ter menos sequelas.

Quando alguém se envolver em um acidente de trânsito que resulta em algum tipo de vítima, existe a obrigação legal de prestar socorro, ou seja, mesmo não sendo um profissional da área ou não ter nenhuma noção de primeiros socorros, é necessário ao menos solicitar o atendimento médico e aguardar no local, a fim de dar suporte psicológico à vítima.

Ao se envolver em um acidente de trânsito com vítima e deixar o local, eximindo-se da obrigação da prestação de socorro ao acidentado, a pessoa está cometendo o crime de **omissão de socorro.**

Esse crime é previsto no Código Penal Brasileiro (CPB), cujo texto diz: "Deixar de prestar assistência, quando possível fazê-lo sem prejuízo pessoal (...); ou não pedir, nesses casos, o socorro da autoridade pública".

A punição é a pena de 1 a 6 meses de detenção, ou multa; e é aumentada pela metade se a omissão resulta lesão corporal de natureza grave; e triplicada se a lesão resulta em morte.

As noções de socorro imediato deveriam fazer parte da grade curricular das escolas, uma vez que desde a infância nos deparamos com situações em que é necessário prestar algum tipo de atendimento, não só no trânsito, mas até mesmo dentro de casa. Essas noções não farão com que uma criança, um adolescente ou um adulto tome decisões como fariam os profissionais da área, mas nortearão suas atitudes e comportamento ante uma situação grave.

Primeiros socorros são os primeiros cuidados, os primeiros atendimentos, as primeiras providências tomadas após a verificação da existência de uma vítima de acidente de trânsito ou de outro tipo de ocorrência. As primeiras providências são: sinalizar o local para que outras pessoas que utilizam aquela via diminuam a velocidade ou não se envolvam em mais acidentes; fazer uma avaliação superficial da vítima, verificando se está respirando e se está consciente ou não; e, imediatamente, solicitar o apoio de profissionais capacitados a resolver aquela situação.

Se houver aglomeração de pessoas, é importante tentar afastá-las para que mais ninguém se machuque. É válido verificar também se entre essas pessoas há um médico ou um enfermeiro para que assuma os cuidados com a vítima.

Um acidente é diferente do outro, as condições do acidente ou das vítimas nunca serão iguais, mas pode-se afirmar que a forma de atuação nos primeiros atendimentos é sempre a mesma, por isso não é difícil gravar quais ações se deve tomar ao se deparar com um acidente de trânsito.

Os procedimentos são:

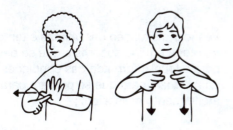 Manter a segurança, sinalizando o local;

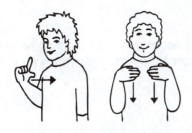 Manter a calma, tanto sua quanto da vítima ou de parentes ou amigos presentes;

 Solicitar o socorro de profissionais especializados;

 Enquanto nenhuma autoridade comparece no local, tentar controlar a situação;

 Verificar a situação das vítimas e tentar manter a equipe socorrista que se desloca para o local informada das condições das vítimas, para que se prepare para o atendimento mais eficaz;

 Se necessário e se sentir seguro para isso, fazer alguns procedimentos na vítima.

Em nenhum momento tome decisões precipitadas. Pare, respire profundamente, reflita no que fazer, avalie o acontecido e suas ações. Não queira ser herói, pois qualquer ato impensado poderá pôr em risco a vida da vítima ou de curiosos ao redor.

Se alguém já está à frente da situação, ofereça-se para auxiliá-lo. Se não houver, tome essa iniciativa e distribua funções para os demais, a fim de que o auxiliem no socorro. Para as pessoas que estão apavoradas ou contestando suas ações, educadamente solicite seu apoio e lhe passe uma função mais distante do local do acidente, assim você poderá preocupar-se somente com a vítima.

Se for o caso, forme uma equipe, trabalhe incansavelmente, não fique apenas dando ordens, motive essa equipe e elogie-os.

DISTÂNCIA PARA SINALIZAÇÃO EM LOCAL DE ACIDENTE

VIAS COLETORAS

 Onde a velocidade permitida é de 40 km/h, com a pista seca deve-se sinalizar a 40 passos longos; e em pista molhada, com fumaça, com neblina ou à noite, a distância de sinalização deve ser de 80 passos longos.

AVENIDAS

Onde a velocidade permitida é de 60 km/h, com a pista seca deve-se sinalizar a 60 passos longos; e em pista molhada, com fumaça, com neblina ou à noite, a distância de sinalização deve ser de 120 passos longos.

VIA DE FLUXO RÁPIDO

Onde a velocidade permitida é de 80 km/h, com a pista seca deve-se sinalizar a 80 passos longos; e em pista molhada, com fumaça, com neblina ou à noite, a distância de sinalização deve ser de 160 passos longos.

RODOVIAS

Onde a velocidade permitida é de 110 km/h, com a pista seca deve-se sinalizar a 110 passos longos; e em pista molhada, com fumaça, com neblina ou à noite, a distância de sinalização deve ser de 220 passos longos.

Para sinalizar um local de acidente, você pode utilizar galhos espalhados na pista; uma lanterna (se for à noite ou neblina); o triângulo; pode ser utilizado também o pisca-alerta de seu veículo. Lembre-se de que a sinalização deve ser feita de forma a não se transformar em uma armadilha e provocar mais acidentes, por isso, à noite, a sinalização deve restringir-se a objetos luminosos.

Com o local sinalizado, não permita que curiosos parem no meio da via para ver o que está acontecendo, mantenha a fluidez do trânsito. Se tiver auxílio de alguém para sinalização do local, peça a esse assistente que não se exponha a riscos desnecessários.

O QUE SABER PARA ACIONAR O SOCORRO

CORPO DE BOMBEIROS: TELEFONE 193

Em casos de vítimas presas nas ferragens; perigo de fogo, muita fumaça, sinal de faíscas; vazamento de substâncias, como gases, líquidos, combustíveis ou, ainda, em locais com ribanceiras, muros caídos ou valas.

 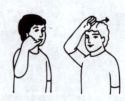

SERVIÇO MÓVEL DE SOCORRO (AMBULÂNCIAS, SAMU): TELEFONE 192

Qualquer tipo de acidente de trânsito; mal súbito em via pública ou rodovia; qualquer tipo de emergência relacionada à saúde, mesmo para socorrer pessoas que passam mal dentro dos veículos.

POLÍCIA MILITAR: TELEFONE 190

Sempre que ocorrer uma emergência em locais onde os meios de socorro já citados estejam em localidades mais distantes ou que não possuam um sistema de emergência, podemos contar com o apoio da Polícia Militar local. Os policiais militares, apesar de não serem especializados no socorro, têm em seu currículo de formação noções que os habilitam a tomar as primeiras providências antes da chegada de outros profissionais. Possuem meios de comunicação mais eficazes que permitem a comunicação direta com as equipes do Corpo de Bombeiros, transmitindo com mais precisão a situação das vítimas no local.

POLÍCIA RODOVIÁRIA ESTADUAL OU FEDERAL

Ao longo das rodovias estaduais ou federais há placas que indicam o telefone desses órgãos.

Também há o telefone de empresas privadas, conhecidas como concessionárias das rodovias, que administram a conservação das vias e possuem equipes de resgate e socorro.

Deve-se ter conhecimento que mesmo que não haja nenhum auxílio do poder público à sua disposição, os hospitais particulares e suas ambulâncias têm por obrigação legal conduzir feridos e recebê-los para atendimento.

AVALIAÇÃO PRIMÁRIA DA VÍTIMA

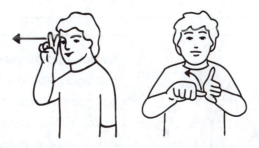

Ao participar de um resgate de vítima de acidente deve-se fazer uma avaliação primária do acidentado: verificar vias aéreas e coluna cervical, respiração, pulsação, nível de consciência e proteção da vítima.

Vias aéreas (superiores e inferiores) e controle da coluna servical: quando atender uma vítima de acidente, deve-se primeiro verificar se as vias aéreas não estão obstruídas, seja por prótese dentária, balas, restos de comida, sangue ou líquidos. Para verificar isso, deve-se abrir a boca da vítima, fazer uma inspeção visual e, se necessário, remover os objetos que estejam obstruindo a respiração. Caso esse procedimento não seja realizado, a vítima poderá permanecer sem oxigenação no cérebro, o que ocasionará sequelas e danos que podem ser irreversíveis.

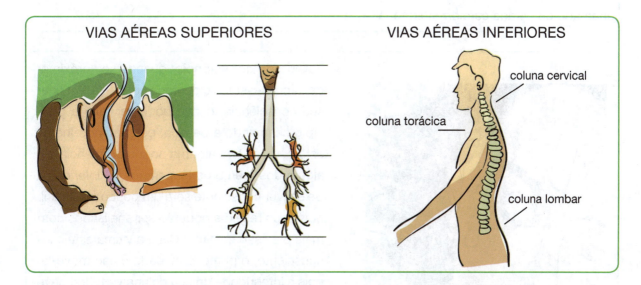

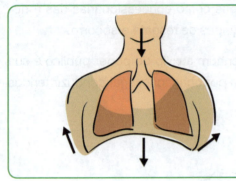
Respiração: aproxime o ouvido da boca e do nariz do acidentado para ouvir se a respiração está perfeita ou não. No momento em que fizer isso, observe o tórax da vítima e verifique se há movimento de subida e descida. Se o acidentado não estiver respirando, ele está sofrendo uma parada respiratória.

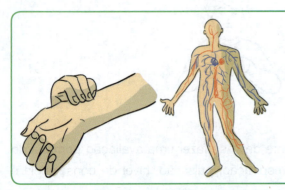
Circulação ou pulsação: com a tomada da pulsação é possível saber se a circulação de sangue no corpo está lenta ou não. Pulsação lenta, pele pálida e lábios arroxeados são sinais de que a vítima pode estar em estado de choque. Se não há sinal de pulsação, o acidentado está sofrendo uma parada cardíaca.

Para verificar a pulsação no indivíduo acidentado basta colocar dois dedos (indicador e médio) na artéria radial, que fica no início do pulso, bem na base do dedo polegar; ou colocar esses dois dedos na artéria carótida, que fica na base do pescoço, entre o músculo do pescoço e a traqueia. Nunca se deve verificar a pulsação com o polegar, pois nele passa uma veia de grosso calibre e no momento da compressão você poderá sentir sua própria pulsação.

Toda pessoa com parada cardíaca também terá parada respiratória e vice-versa. Isso é chamado de parada cardiorrespiratória.

Estado de consciência: quando se aproximar de uma pessoa acidentada, deve-se verificar sua consciência, o que pode ser feito a princípio chamando a pessoa, perguntando-lhe se está bem, se tem alguma dor ou dormência em algum dos membros (superiores ou inferiores). Se estiver consciente será um pouco mais fácil, pois seus reflexos poderão ser analisados com mais precisão e calma. Caso a vítima esteja inconsciente, o primeiro cuidado é não movê-la, pois a integridade de sua coluna vertebral deve ser mantida.

Proteção da vítima: deverá ser observado se o acidentado possui mais lesões, como cortes ou fraturas. Caso haja fraturas, o local não deverá ser movimentado. No caso de cortes, verificar se houve hemorragia. Se a vítima queixar-se de dores abdominais ou em outro local e for verificado que há o arroxeamento e inchaço do local citado, pode ser um caso de hemorragia interna, e o único procedimento nesse caso é o socorro urgente para um hospital.

Não aperte locais do corpo da vítima para verificar se há fratura, isso deve ser feito por um especialista; não dê nada de beber ou comer para a vítima.

AVALIAÇÃO SECUNDÁRIA DA VÍTIMA

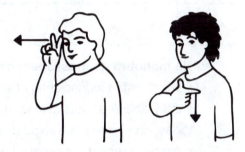

Ainda durante seu atendimento, deve ser feita uma **avaliação secundária.**

Havendo parada cardiorrespiratória (ausência de pulsação e falta de respiração) deverá ser feito o procedimento de reanimação da vítima, em que são necessários recursos mecânicos (respiração artificial e massagem cardíaca).

Se essa intervenção for necessária, ela deverá ser feita imediatamente, mesmo antes da chegada dos profissionais, e não deve ser interrompida mesmo durante o transporte da vítima para o hospital, até que o batimento cardíaco e a respiração se normalizem.

Para a **manobra de respiração artificial**, posicione a vítima de costas para uma superfície plana e firme, e fique de joelhos próximo à cabeça dela. Com a mão direita, abra as vias aéreas (boca) da pessoa (para isso, faça com que a cabeça dela fique para trás e abra a boca dela fazendo um leve movimento no maxilar); com os dedos polegar e indicador da mão esquerda tampe o nariz da vítima; abra bem a boca, inspire ar suficiente, coloque sua boca na boca do acidentado e assopre firmemente. Repita duas vezes. Se o tórax da pessoa se elevar é sinal de que o ar está indo para os pulmões e sua manobra está correta. Quando estiver realizando essa manobra, o socorrista nunca deve se esquecer do V. O. S. (ver, ouvir, sentir).

Quando se tratar de um bebê, repita esse procedimento, mas com uma diferença: não há necessidade de tampar o nariz do bebê. Sua boca deverá envolver a boca e o nariz dele no momento do sopro. Faça isso por duas vezes.

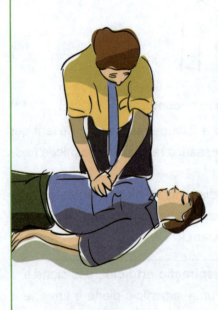

Na **manobra de massagem cardíaca**, deve-se atestar que a vítima está inconsciente; checar a respiração (ver, ouvir, sentir); liberar as vias aéreas, fazer duas manobras respiratórias; confirmar a ausência de respiração e pulso e fazer mais duas manobras de respiração artificial; então, iniciar a manobra de massagem cardíaca.

Se houver somente um socorrista, posicione-se à esquerda da vítima; procure o osso esterno da caixa torácica da vítima (fica no final da costela, próximo do estômago); apoie a base da mão direita sobre a esquerda e comprima e solte o tórax, contando ritmicamente até 30, após isso, realize duas ventilações (respiração artificial), como descrito anteriormente. Repita o procedimento de 30 massagens cardíacas e mais duas ventilações, até que a vítima volte a respirar e retome sua pulsação.

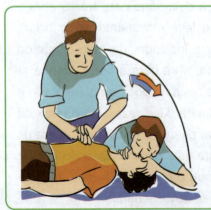

Se houver dois socorristas, o procedimento é o mesmo já descrito, mas uma pessoa ficará encarregada de fazer a respiração artificial e a outra fará a manobra de massagem cardíaca.

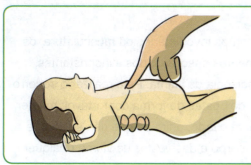

Se a vítima for um bebê, a força na massagem cardíaca deverá ser dosada de acordo com o tamanho e idade dele. E a manobra cardíaca não deverá ser feita com a palma das mãos e sim com os dedos indicador e médio, da mão que o socorrista preferir.

POSSÍVEIS COMPLICAÇÕES

ESTADO DE CHOQUE

É uma reação do nosso organismo, muito comum nas vítimas de acidente de trânsito. Pode ser ocasionado quando há hemorragia (interna ou externa); após exposição à descarga elétrica; ataque cardíaco; queimaduras; ferimentos graves; amputações e outros. Os sintomas clássicos são: esfriamento e umedecimento da pele (sudorese na fronte e mãos), palidez, náuseas, vômitos, respiração irregular, pulsação irregular (rápida ou fraca), lábios e extremidades (dedos das mãos e dos pés) arroxeados, sensação de frio, visão nublada e inconsciência.

Ao verificar esses sintomas em uma vítima de acidente, inicie uma busca minuciosa, pois o fato gerador desse estado de choque deve ser localizado e controlado. Caso contrário, a vítima pode vir a óbito. Para um alívio dessa situação, afrouxe as roupas da vítima, mantenha-a calma e retire de sua boca qualquer objeto. Se a vítima apresentar vômitos, coloque a cabeça para o lado a fim de que ela não se afogue com o material expelido.

DESMAIO

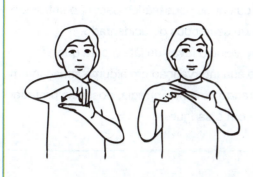

É a perda súbita da consciência momentaneamente com recuperação espontânea. Os sintomas são: inconsciência, suor abundante, pulso e respiração fracos. O procedimento de socorro é deitar a vítima de costas, sempre com a cabeça mais baixa em relação ao resto do corpo, a fim de que o sangue irrigue o cérebro, afrouxar as roupas, verificar a respiração e pulsação, e colocar compressas frias na testa e no rosto.

CONVULSÕES

São contraturas e espasmos involuntários da musculatura, os quais provocam movimentos desordenados e inconstantes, além de perda de consciência da vítima. Para realizar o socorro deve-se deitar a vítima de costas de forma confortável; manter a cabeça dela virada para o lado, a fim de que não se afogue com a saliva; retirar do corpo e das vestes da vítima qualquer objeto que possa lhe causar ferimentos. Afaste os curiosos para que a vítima tenha uma boa ventilação e nunca a segure para impedir seus espasmos musculares. Tenha cuidado, sim, com a cabeça dela, a fim de que durante os espasmos não venha batê-la no solo ou em outro local, podendo causar ferimentos. Não introduza nenhum objeto na boca da vítima e, quando a convulsão parar, verifique a frequência respiratória e a pulsação. Quando a vítima voltar à consciência, mantenha-a um pouco mais de tempo deitada para que recobre o controle total de seu corpo e movimentos. Se após isso a vítima desejar dormir, não há problema algum.

HEMORRAGIA

Trata-se do rompimento de vasos sanguíneos (capilares, veias ou artérias). Nesse caso, a vítima tem diminuição da pressão sanguínea e da oxigenação dos tecidos, podendo vir a óbito por falta de cuidado.

Deparando-se com uma ocorrência desse tipo, é preciso sempre ter em mente que se trata de uma situação grave, e que é importante tomar os cuidados necessários para não entrar em contato com o sangue ou secreções do acidentado.

O indicado é ter em seu veículo luvas de látex, para que se houver necessidade de sua intervenção em alguma situação em que a vítima esteja sofrendo uma hemorragia, possa se proteger de possíveis contatos com o sangue.

HEMORRAGIAS EXTERNAS

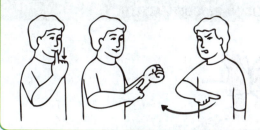

São visíveis; quando o sangue verte para fora do corpo através da ruptura da pele ou outros tecidos.

SANGRAMENTO VENOSO CONTÍNUO

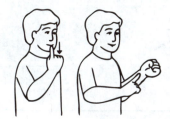 

Quando a veia é atingida. O sangue tem aparência escura e escorre lentamente.

SANGRAMENTO ARTERIAL PULSÁTIL

Quando é atingida uma artéria. O sangue sai em jatos devido a contração cardíaca. O sangue é de um vermelho vivo.

Quando se deparar com uma situação dessa, o socorrista deve:

- deitar a vítima;

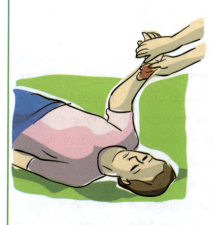

- imediatamente, elevar o membro lesionado fazendo pressão no local com um tecido (gaze, lenço), se não houver tecidos limpos em condição de uso, a hemorragia deve ser estancada com o dedo ou a mão, dependendo de sua extensão (sempre usando as luvas de látex);

- se for usado algum tipo de tecido, amarre-o com algum outro tecido, fazendo uma compressa. Não aperte muito para não interromper a circulação normal do sangue. Não remova ataduras ou compressa sobre uma hemorragia, se necessário, utilize outras em cima das que já estão no local de ferimento.

TORNIQUETES
NUNCA DEVEM SER EMPREGADOS NESSA SITUAÇÃO

HEMORRAGIAS INTERNAS

É um ferimento profundo decorrente de lesão em órgãos internos (fígado, pulmões, etc.) ou ainda pelo rompimento de veias ou artérias internamente. Esse tipo de ferimento leva a vítima rapidamente ao estado de choque.

É um ferimento de difícil constatação, pois o sangue flui internamente. Os sinais externos são:

- palidez;
- sudorese;
- pulsação acelerada;
- lábios cianóticos (azulados);
- tecido epitelial (pele) pegajoso.

É fácil verificar se ocorre hemorragia dos pulmões: observe se há golfadas de sangue saindo pela boca após tosse intensa. Na ocorrência de hemorragia, pode notar-se arroxeamento do abdômen e inchaço. O procedimento correto é colocar a vítima deitada de lado ou somente deitar sua cabeça, a fim de que ela não aspire o sangue. Se for notado inchaço ou arroxeamento, se possível, aplicar uma bolsa de gelo no local. Não dê nada de beber para a vítima e solicite socorro especializado o mais rápido possível.

HEMORRAGIA NASAL

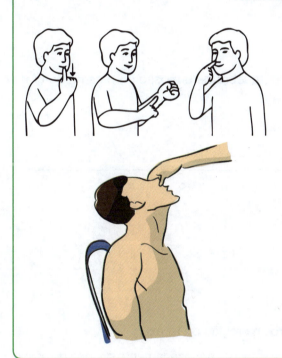

É mais comum após um acidente no qual a vítima tenha batido o rosto no painel do veículo, contra o para-brisa ou outro obstáculo. Geralmente ocorre devido à falta de uso do cinto de segurança. O sangramento através do nariz pode ser grave, caso o sangue seja contínuo, sem estancamento. O procedimento mais preciso é manter a vítima com a cabeça inclinada, em posição mais elevada que o resto do corpo e em local fresco e arejado. Ao verificar que a pulsação está normal, deixe escoar um pouco de sangue pelo nariz. Depois, comprima levemente o nariz por alguns minutos, solicitando à vítima que respire pela boca. Não assoe o nariz, coloque compressa de água fria e, quando confirmar o estancamento, conduza a vítima ao médico se necessário.

HEMORRAGIA NA BOCA

Geralmente se dá após acidente de trânsito quando não há utilização do cinto de segurança e ocorre o choque do rosto com algum obstáculo. Com isso, pode haver quebra dos dentes ou cortes na língua, dando início à hemorragia. O procedimento indicado para esse caso é manter a vítima sentada, com a cabeça para a frente, ligeiramente inclinada para o lado onde ocorreu a lesão, permitindo que o sangue escoe. Não deixe a vítima engolir o sangue, pois provavelmente isso irá gerar vômito, o que, além de agravar os ferimentos na boca, ainda poderá dar uma falsa impressão de hemorragia interna em algum órgão. Comprima gaze no local por cerca de 10 minutos e troque o curativo se o sangramento persistir. Depois, conduza a vítima a um médico e evite que ela tome bebidas quentes por 12 horas.

FRATURA

É a ruptura, quebra de um osso ou mesmo de uma cartilagem.

Os ossos estão assim distribuídos:

- 32 ou 33 na coluna vertebral;
- 22 na cabeça;
- 24 nas costelas;
- 64 nos membros superiores;
- 62 nos membros inferiores.

Há ainda alguns ossos na região do ouvido e outros na região do tórax.

As principais funções dos ossos são: proteção, sustentação, armazenamento de íons de cálcio e potássio e local de produção de certas células do sangue. Além de ser um sistema de alavancas que, movimentadas pelos músculos, permite o deslocamento do corpo, no todo ou em partes.

As fraturas dividem-se em dois tipos:

FRATURA ABERTA OU EXPOSTA

Aquela em que após um trauma há a ruptura do osso, a perda da continuidade óssea com sua separação em dois ou mais fragmentos e a lesão nas camadas da pele ou músculos, podendo fazer com que o osso quebrado fique exposto ou apareça fora do corpo. O procedimento para socorro é simples: mantenha a vítima calma; verifique se com a ruptura do osso e sua exposição não foi afetada nenhuma artéria que pode levar a vítima ao estado de choque com perda excessiva de sangue; proteja o ferimento com gaze ou pano limpo; solicite socorro especializado; se for necessário que a remoção da vítima ao hospital seja realizada pelo próprio socorrista, imobilize o local a fim de que a lesão não se torne maior.

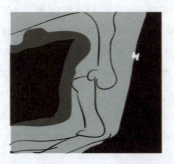

FRATURA FECHADA

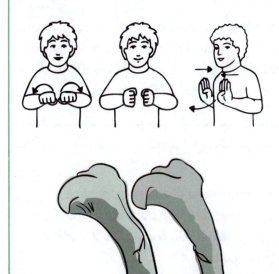

Aquela em que após um trauma (batida forte, esmagamento, etc.) o osso se rompe, sem causar lesões nos músculos ou nas camadas de pele. O procedimento de socorro também é simples:

- manter a vítima calma;
- imobilizar o membro fraturado com talas de madeira, papelão, revista dobrada, travesseiro ou outro objeto rígido, os quais deverão estar envoltos em gaze ou outro tipo de tecido, a fim de que o osso quebrado não se movimente causando dor excessiva ao acidentado;
- providenciar o socorro;
- se esse socorro não estiver disponível, conduzir pessoalmente a vítima ao hospital mais próximo.

Sempre que houver necessidade de realizar um socorro a uma vítima de fratura, havendo necessidade de imobilização do membro quebrado, isso deverá ser feito com a vítima em decúbito dorsal, isto é, de costas para o chão e barriga para cima.

ENTORSE

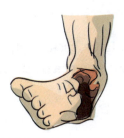

É a torção de uma articulação com lesão dos ligamentos (estrutura que sustenta as articulações). Os cuidados são semelhantes aos da fratura fechada.

LUXAÇÃO

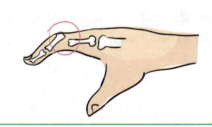

É o deslocamento de um ou mais ossos para fora da sua posição normal na articulação. Os primeiros socorros são também semelhantes aos da fratura fechada. Lembre-se de que não se deve fazer massagens na região, nem tentar recolocar o osso no lugar.

CONTUSÃO

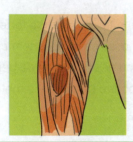

É uma área afetada por uma pancada ou queda sem ferimento externo. Pode apresentar sinais semelhantes aos da fratura fechada. Se o local estiver arroxeado, é sinal de que houve hemorragia sob a pele (hematoma).

Em eventos como esses, quando ocorrerem em membros superiores (braços), pode ser utilizada uma tipoia para que a vítima seja conduzida ao hospital com mais praticidade.

TRAUMA NA COLUNA VERTEBRAL

Os ossos que formam a coluna são chamados de vértebras. Entre essas vértebras passa um fino canal que se denomina medula espinhal, o qual faz a ligação nervosa do cérebro com o restante do corpo.

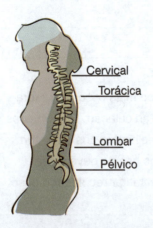

A coluna foi projetada para fazer a sustentação do nosso corpo e proteger a medula.

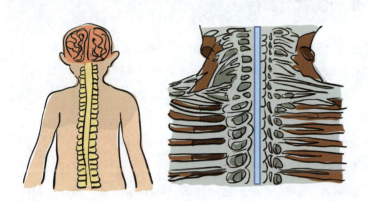

A medula espinhal é a porção alongada do sistema nervoso central, é a continuação do encéfalo, que se aloja no interior da coluna vertebral. Ela começa na junção do crânio com a primeira vértebra cervical (as vértebras cervicais formam o pescoço) e termina entre a primeira e segunda vértebra lombar (no adulto atinge cerca de 44 a 46 centímetros de comprimento).

Nos casos de acidentes de trânsito em que a coluna sofre um trauma e a medula espinhal é rompida, há a interrupção de envio de impulsos nervosos para o corpo, resultando na paralisação de movimentos da pessoa.

Se em decorrência de um acidente houver o rompimento da coluna espinhal na altura do tórax para baixo, podemos dizer que a vítima terá problema de paraplegia (isto é, cessarão os movimentos do corpo da altura do quadril para os membros inferiores – as pernas).

Havendo rompimento da medula espinhal na altura cervical, ou seja, no pescoço, a vítima poderá ter tetraplegia (cessação dos movimentos do corpo abaixo do pescoço, atingindo membros superiores e inferiores).

Nos acidentes de trânsito os sintomas observados em uma vítima de possível trauma na coluna vertebral são:

- dor intensa;
- perda de movimentos;
- perda de sensibilidade ou formigamento nos membros superiores ou inferiores.

Os procedimentos de socorro a uma vítima de fratura da coluna vertebral, em que possa ter sido rompida sua medula, são complicados, devendo ser realizados somente por profissionais especializados e acostumados a lidar com esse tipo de situação. No entanto, cabe ao primeiro socorrista:

- manter a tranquilidade da vítima;
- verificar se a respiração e a pulsação estão normais;
- se a vítima estiver consciente, conversar com ela, colhendo informações do que está sentindo e das regiões em que há perda de sensibilidade e/ou formigamento, a fim de que quando o socorro especializado chegar, já tenha dados importantes para lhe transmitir;
- se a vítima estiver inconsciente e for necessário realizar respiração artificial, evite movimentar muito sua cabeça, a fim de não agravar o quadro;
- observe se há hemorragias e aja como o previsto nesse caso.

IMPORTANTE

Sempre que se deparar com um acidente de trânsito em que a vítima está consciente, o socorrista deverá mantê-la deitada, sem se movimentar e fazer-lhe perguntas do tipo:

- onde sente dores?
- pode movimentar as mãos e dedos?
- pode movimentar os pés e dedos?
- sente a área tocada (quando é tocada pelo socorrista)?

Se a partir das respostas o socorrista verificar que a coluna vertebral da vítima foi lesionada, não deverá movimentá-la jamais.

TRAUMA CRANIANO

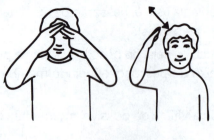

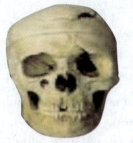

É um tipo de contusão ou lesão na cabeça. Pode ocorrer imediatamente ou se desenvolver lentamente no decorrer de várias horas. As causas mais comuns das lesões na cabeça incluem os acidentes de trânsito, acidentes de trabalho, quedas, violência física e acidentes domésticos. Quando há esse tipo de ocorrência, a vítima sente dores de cabeça, podendo ocorrer perda de sangue pelo nariz, ouvidos ou boca, tontura, desmaios, enjoo e vômitos, possibilidade de perda da consciência e alterações das pupilas. Para realizar o socorro de uma vítima que apresenta esse quadro, é preciso:

- manter sua cabeça levemente levantada;
- se houver sangramento, enfaixar a cabeça dela, sem apertar áreas moles;
- não dar comida ou bebida;
- sempre observar os sinais vitais;
- verificar as vias aéreas da vítima, tomando cuidado com afogamento com o próprio vômito;
- solicitar o apoio de profissionais;
- caso não haja recurso de socorro, conduzir a vítima com cautela até o hospital mais próximo, de preferência em uma maca.

PARA CONHECIMENTO

As pupilas ou "meninas dos olhos" (a esfera preta dos olhos) reagem à luz. Quando há incidência de luminosidade elas se contraem. Se o local é desprovido de luz elas se dilatam, a fim de que a visão seja ampliada nesse ambiente escuro.

Então, se o socorrista se depara com uma vítima que ao abrir os olhos as pupilas não reagem à luz, é sinal de que essa pessoa tenha sofrido algum comprometimento cerebral decorrente do acidente.

FRATURA DO QUADRIL

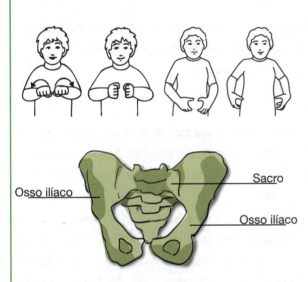

O quadril é a projeção do fêmur, e sua principal função é suportar o peso do corpo em posturas estáticas (de pé) e dinâmicas (caminhando ou correndo). Quando há a suspeita de fratura do quadril, a vítima apresenta fortes dores no local e os movimentos das pernas ficam restritos. Nesse caso:

- deite a vítima em local plano;

- não permita que ela sente ou levante, pois qualquer movimento pode causar perfurações em algum órgão interno – devemos lembrar que na altura do quadril temos: o apêndice, o ureter, a bexiga, o reto e os órgãos genitais.

- quando for removê-la para levá-la a um hospital, que o deslocamento seja realizado em um local de superfície plana e rígida.

FRATURA DE COSTELA

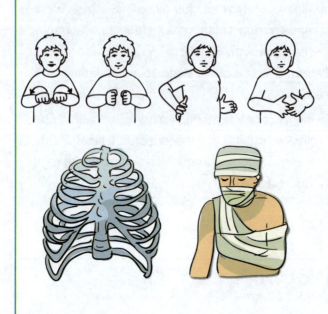

A fratura da costela é um traumatismo na região torácica, podendo atingir um ou mais ossos. Geralmente, não é uma fratura grave e sua recuperação é rápida, mas dependendo do quadro do acidente, é preciso tomar alguns cuidados: há casos em que a fratura desses ossos pode provocar a perfuração dos pulmões. Isso é verificado por meio de golfadas de sangue de cor vermelho vivo. Nesse caso, a vítima deve se movimentar o mínimo possível. Enfaixe o tórax com faixas largas, juntando os braços cruzados sobre o peito.

QUEIMADURAS

Trata-se de lesões nas camadas da pele, devido à exposição ao calor excessivo, radiação, produtos químicos, contato com certos animais ou vegetais e até mesmo pelo frio intenso.

As queimaduras possuem uma classificação de intensidade, sendo:

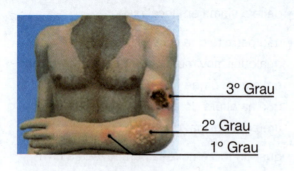

- Queimadura de primeiro grau: lesão das camadas superficiais da pele. A dor é localizada e suportável. Apresenta inchaço e pele avermelhada.
- Queimadura de segundo grau: lesão das camadas mais profundas da pele. Caracteriza-se pelo aparecimento de bolhas e desprendimento de partes da pele. Nesse caso a dor também é local.
- Queimadura de terceiro grau: nesse tipo de queimadura ocorre a destruição das camadas da pele, atingindo outros tecidos. Geralmente a vítima não sente dores, pois o cérebro distribui espontaneamente analgésicos naturais para evitar a dor.

Procedimento de socorro à vítima de queimaduras:

- afastar o causador da queimadura, a fim de não estender o ferimento ou atingir outras áreas do corpo;
- no caso de fogo no corpo da vítima, abafe o fogo com algum tipo de tecido; nunca jogue água, areia ou utilize qualquer tipo de extintor;
- não perfure as bolhas provocadas pela queimadura (queimadura de segundo grau);
- não remova as roupas da vítima, pois os ferimentos se agravarão. Esse procedimento só deverá ser feito por profissionais da área e em hospitais, com a devida assepsia para evitar uma infecção generalizada;
- nas queimaduras de 1º e 2º graus pode ser utilizada água corrente fria nos locais atingidos;
- se a vítima estiver consciente, acalme-a. Ela poderá beber líquidos, a fim de hidratar o corpo, mas nunca lhe dê bebidas alcoólicas;
- não passe nenhuma substância no local atingido, como pomadas ou outras substâncias;
- conduza a vítima até o hospital mais próximo para atendimento médico.

As vias aéreas, as partes genitais e a face, são as partes do corpo mais críticas quando atingidas por queimaduras.

FERIMENTOS

Ferimentos são lesões ocorridas em consequência de acidentes e caracterizadas pelo rompimento da pele.

Sempre que for realizar um socorro em ferimentos, o socorrista deve utilizar luvas, pois por se tratar de rompimento da pele, pode haver mais chance de contaminação se não for feito o procedimento correto.

Procedimentos de socorro:

Cada tipo de ferimento requer uma forma específica de cuidado:

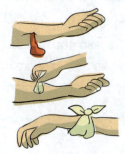

Leve ou superficial: limpar o ferimento com água corrente; não colocar pomadas, remédios, algodão ou esparadrapo, somente cobrir com um pano limpo. É preciso manter o pano ou gaze sempre limpo e seco, substituindo-o quantas vezes for necessário.

Abdômen aberto: se os órgãos internos tiverem saído da cavidade abdominal, não toque-os; cubra com uma compressa úmida e fria; faça uma atadura firme, mas não muito apertada, para proteger os órgãos.

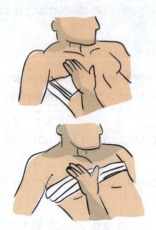

No tórax: coloque gaze sobre o ferimento, um chumaço de pano ou mesmo a mão para evitar a penetração de ar no ferimento; seque o chumaço no lugar e pressione com firmeza; faça um cinto para manter a compressa no local e o ferimento fechado, mas não aperte muito.

Na cabeça: deite a vítima; no caso de inconsciência ou inquietação, afrouxe as roupas, principalmente em volta do pescoço; coloque uma compressa ou pano limpo sobre o ferimento, sem apertar demais, e fixe-o com esparadrapo; antes da chegada do socorro profissional, aqueça a vítima e não lhe dê nada para beber.

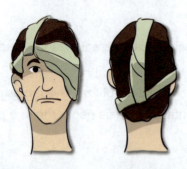

Nos olhos: os olhos são muito sensíveis, por isso as providências de socorro devem ser adotadas por especialistas. A priori deve-se socorrer a vítima de imediato, não tentar remover nenhum fragmento dos olhos e não deixar a vítima esfregá-los.

IMPORTANTE

Sempre que houver um ferimento em um dos olhos, o correto é fazer o tamponamento do outro olho, mesmo que não tenha nenhum tipo de ferimento ou objeto. Se isso não for feito, as chances de agravamento do olho ferido são maiores, tendo em vista que se o olho não estiver coberto irá movimentar-se para ver o que está ao seu redor e, automaticamente, movimentará o olho ferido.

ENVENENAMENTO OU INTOXICAÇÃO

O envenenamento ou intoxicação aguda ocorre quando alguma substância tóxica é inalada, ingerida ou entra em contato direto com a pele.

Há três tipos de envenenamento:

ATRAVÉS DA PELE

Quando a substância tóxica entra em contato com a pele. O tratamento mais indicado é retirar as roupas da vítima e lavar a pele, para diminuir a quantidade de veneno que será absorvida; então, conduzi-la a um hospital.

POR INALAÇÃO

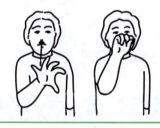

Quando o veneno é aspirado, durante a respiração, contaminando as vias aéreas e os pulmões. Nesse caso, a vítima deve ser retirada do ambiente contaminado ou este deve ser arejado. Não provoque vômito na vítima e não a deixe se movimentar muito, a fim de que o veneno não se espalhe rapidamente na corrente sanguínea; não dê bebidas; socorra-a rapidamente.

POR INGESTÃO

Quando a substância tóxica é ingerida por via oral. É preciso identificar imediatamente o tipo de veneno; conduzir a vítima deitada; não provocar vômitos; não dar leite ou outro tipo de bebida.

SOCORRO À VÍTIMA DE ACIDENTE COM SUSPEITA OU CERTEZA DE POSSUIR O VÍRUS DA AIDS

A aids é uma doença silenciosa, o vírus se propaga rapidamente e com o passar do tempo inicia-se um processo de infecção, pois o sistema imunológico é o principal afetado, tornando a pessoa mais suscetível a quaisquer tipos de doenças e infecções.

A falta de cuidados e de tratamento adequado certamente levará o indivíduo à morte.

O vírus da aids é adquirido por meio do contato com o sangue de uma pessoa contaminada. Muitas vezes, a pessoa contaminada desconhece sua doença; devido a isso, sempre que houver atendimento a uma vítima de qualquer tipo de acidente, não se deve ter contato com fluidos corporais dela (por exemplo: sangue).

Para isso, sempre que estiver diante dessa situação, coloque luvas de proteção ou não toque na vítima e solicite imediatamente o socorro de profissionais.

COMO SE PEGA AIDS

- contato com fluidos corporais da pessoa (sangue);
- sexo sem camisinha (oral, vaginal, anal);
- compartilhamento de uma mesma seringa ou agulha;
- contato da mãe com o bebê, seja durante a gravidez, parto ou amamentação.

COMO NÃO SE PEGA AIDS

- sexo com camisinha;
- masturbação a dois;
- beijo;
- suor e lágrimas;
- aperto de mão ou abraço;
- compartilhar talheres ou copos;
- piscina, banheiros ou pelo ar;
- doação de sangue (agulhas descartáveis).

PREVENÇÃO DE INCÊNDIOS

O fogo tem origem na pré-história, quando acidentalmente um material combustível (madeira de uma árvore) foi atingido por um raio e iniciou-se uma chama. Então, o homem aprendeu a dominar essa técnica para se aquecer, preparar seus alimentos, espantar animais predadores e lutar contra seus inimigos em combates. Depois, usou o fogo para aquecer metais e produziu armas.

Mas, como tudo na natureza sem os devidos cuidados, o homem perdeu o controle sobre o fogo, fazendo surgir incêndios ou sinistros e, diante dessa situação, junto com a evolução da humanidade e a vida em sociedade, o homem buscou e criou formas de controle e prevenção de incêndios.

Para isso, inicialmente, cada cidade possuía uma brigada de incêndio, que era formada por voluntários, sem nenhuma preparação técnica. Os meios de contenção eram precários e muitas vezes improvisados. Com o passar dos tempos, o homem criou meios mais eficazes de controle e dispersão do fogo. Nasceu o Corpo de Bombeiros, formado para acabar com os incêndios, e já baseado em normas técnicas, empregando para cada tipo de incêndio o material necessário para sua extinção.

Em decorrência dessa modernização e com o desenvolvimento do profundo conhecimento da origem e formas de acabar com os incêndios, o homem criou leis e normas que determinam e orientam as formas de prevenção de incêndios, a fim de padronizar ações com relação a esse assunto.

No Brasil, a base legal de prevenção de incêndios é regida pela portaria 3.214/78; norma regulamentadora 23 do Ministério do Trabalho e Emprego, além de leis estaduais e municipais próprias às suas necessidades.

CONCEITO DE FOGO

Fogo é uma reação química simples que para acontecer necessita de quatro elementos, chamados de **Tetraedro do Fogo**:

TETRAEDRO DO FOGO

- **Combustível:** é o material sólido, líquido ou gasoso que será queimado (ex.: madeira);
- **Comburente:** é o material gasoso que pode reagir em contato com um combustível, gerando a combustão (ex.: oxigênio presente no ar);
- **Ignição:** é o agente que dá início a combustão (ex.: energia = calor);
- **Reação em cadeia:** é a sustentação da combustão durante o processo da queima do combustível.

Antigamente, acreditava-se que o fogo existia com apenas três elementos, chamados de **triângulo do fogo**. Mas, após um longo estudo e uma revisão mais profunda do conceito, chegou-se a conclusão de que o fogo necessitava de mais um elemento, a **reação em cadeia**, passando a ser conhecido como **TETRAEDRO DO FOGO**.

MÉTODOS DE EXTINÇÃO DO FOGO
Formas de extinção

Existem três formas de se apagar ou extinguir as chamas do fogo:

ABAFAMENTO

É a eliminação do fogo que consiste na retirada do comburente (oxigênio), o que provoca o enfraquecimento da chama até seu desaparecimento;

RETIRADA DO MATERIAL

Consiste na retirada do combustível. Basta afastar os materiais das chamas e, com a falta deles, o fogo apaga espontaneamente. Por exemplo: madeiras incendiadas.
Há duas opções para realizar essa operação:

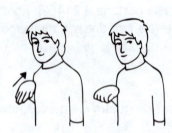

- retirar o material que está queimando para não se propagar mais;
- retirar materiais que estão próximos ao fogo, realizando um isolamento para que as chamas não tomem grandes proporções e não se alastrem;

RESFRIAMENTO

Consiste na retirada do calor (energia) do material incendiado. Para isso, utiliza-se um agente extintor que reduz a temperatura. Um dos materiais mais conhecidos e utilizados para o resfriamento de materiais incendiados é a água.

RESSALVA: nem todo o material incendiado pode ser resfriado com água, pois em certos casos há o perigo de as chamas expandirem-se ou mesmo causar ferimentos na pessoa que está apagando o incêndio.

CLASSES DE INCÊNDIO

Cada material combustível tem uma característica peculiar e uma forma de combustão diferente. Visando a utilização de métodos extintores eficazes e apropriados para romper o tetraedro do fogo, foi convencionada uma classificação do fogo.

Essa classificação é dividida em cinco categorias:

CATEGORIA	MATERIAL	MÉTODO DE EXTINÇÃO	EXTINTOR
A	Tecido, madeira, papel, fibra e outros.	Resfriamento	Água pressurizada Espuma mecânica Obs.: no princípio do incêndio, nessa classe, poderão ser usados extintores de pó químico seco ou gás carbônico.
B	Graxa, verniz, tinta, gasolina e outros.	Abafamento	Gás carbônico Pó químico seco Espuma mecânica Obs.: nos casos de líquidos inflamáveis, o jato deve ser direcionado à face interna do recipiente até cobrir toda a área.
C	Motores, quadros de distribuição de energia, fios sob tensão elétrica e outros.	Abafamento com extintor que não conduza corrente elétrica. Deve-se também desligar o fornecimento de energia elétrica.	Gás carbônico Pó químico seco
D	Pirofóricos: magnésio, titânio, zircônio, potássio, alumínio em pó e outros	Quebra da reação em cadeia com uso de pós químicos especiais que formarão camadas protetoras que impedem a propagação e continuidade das chamas.	Pó químico especial Limalha de ferro fundido
E	Radioativos	Isolamento da área e distanciamento do local.	Limitar-se a acionar o Corpo de Bombeiros, por meio do telefone 193 / CNEN (Conselho Nacional de Energia Nuclear)

EXTINTORES DE INCÊNDIO

São equipamentos de segurança e combate a incêndios, de forma cilíndrica e fácil portabilidade, para que possam ser conduzidos por qualquer pessoa até o local do incêndio.

No interior desses equipamentos há agentes extintores destinados para cada classe de incêndio, como:

- Água pressurizada: que extingue o fogo por resfriamento;
- Bicarbonato de sódio: também chamado de pó químico;
- Dióxido de carbono: também chamado de gás carbônico, que extingue o fogo retirando o oxigênio. É utilizado em líquidos, gases e materiais condutores de corrente elétrica;
- NAF: indicado para extinção em áreas ocupadas ou que possuam equipamentos eletrônicos. É considerado um "agente limpo", pois não deixa resíduos; possui baixa toxicidade e não prejudica a camada de ozônio. Também não conduz eletricidade.

    ÁGUA   PQS   CO   ESPUMA

DICAS

Os extintores de incêndio:

- não devem ficar pendurados na parede ou acondicionados no veículo como meros objetos decorativos. Você deve ler as instruções a fim de saber como usá-los em caso de necessidade, saber que tipo de agente extintor contém e para qual classe de incêndio é indicado;

- devem ser periodicamente observados quanto à validade e, quando for necessário, realizar a recarga ou a troca;
- sua manutenção deve ser feita, também, em intervalos maiores, assim como testes hidrostáticos para se constatar vazamentos ou outros danos estruturais.

Os novos equipamentos extintores, tanto o cilindro quanto sua carga, têm validade de cinco anos. Após o uso, não acontece mais a reutilização do cilindro, como ocorria nos equipamentos antigos.

PREVENÇÃO DE INCÊNDIO EM VEÍCULOS

Uma das formas de se evitar incêndios em veículos automotores começa com a manutenção regular dos equipamentos elétricos e do sistema de abastecimento, esse último com relação a vazamentos de óleo ou combustíveis nas mangueiras ou juntas. O aumento do consumo de combustíveis pode indicar a existência de algum tipo de vazamento.

Também não se deve:

- fumar em locais de acidente ou permitir que alguém fume junto a qualquer veículo acidentado, ou mesmo onde haja forte cheiro de combustível;
- fumar no interior do veículo com as janelas totalmente fechadas, pois isso gera uma concentração perigosa de monóxido de carbono, podendo causar desmaio do condutor e acarretar um acidente de trânsito.

Quando estiver dirigindo não atire pela janela pontas de cigarros, ou permita que seu passageiro o faça, evitando assim que a brasa atinja a vegetação do acostamento e provoque um incêndio de grandes proporções. Por causa de incêndios a rodovia pode ser tomada por fumaça, o que gera engavetamentos de veículos e mortes.

CUIDADOS COM O ABASTECIMENTO DE GÁS NATURAL VEICULAR (GNV)

Com o surgimento do GNV como combustível para abastecimento dos veículos automotores, houve a necessidade da criação de novas regras de segurança. Por ser um gás, a atenção durante o abastecimento deve ser redobrada.

Verifique as providências de segurança que devem ser adotadas, conforme a tabela abaixo:

É expressamente proibida a utilização de cilindros inadequados em veículos abastecidos com GNV.

Ao abastecer, todos os ocupantes devem sair do veículo.

 Mantenha os aparelhos elétricos desligados.

 Mantenha o telefone celular desligado.

 Durante o abastecimento, as portas e o porta-malas devem permanecer abertos.

 Não abra chama nem provoque faísca.

 Não fume.

 Apenas pessoas treinadas devem realizar o abastecimento.

 Mantenha o motor desligado.

 Mantenha as luzes apagadas.

CAPÍTULO IV

MECÂNICA BÁSICA

A disciplina Mecânica Básica de Veículos Automotores tem por finalidade dar aos condutores uma noção do funcionamento do motor a explosão, pois é de suma importância que o motorista conheça o veículo que está conduzindo. Além disso, o Código de Trânsito Brasileiro obriga os proprietários e motoristas de veículos automotores a fazerem a manutenção para mantê-los em perfeitas condições de uso.

Uma das melhores formas de conhecer o seu veículo é ler atentamente o manual do proprietário que o acompanha, pois ali estão todas as informações básicas de funcionamento e manutenção adequada.

BREVE HISTÓRICO DO MOTOR A EXPLOSÃO

Aproximadamente no ano de 1801, Philippe Lebon fez o requerimento de uma patente sobre o princípio de um motor baseado na expansão da mistura **ar** e **gás inflamado**. Pouco tempo depois, ele foi assassinado e as pesquisas sobre o motor a explosão só recomeçaram em 1852, com Jean Joseph Étienne Lenoir.

Em 1858, Lenoir fabricou seu primeiro motor fixo a explosão, movido a gás, e o patenteou dois anos depois. Lenoir ainda desejava transformar aquele motor fixo com movimentos retilíneos em movimento de rotação, colocando-o em um veículo para fazê-lo se mover. Isso ocorreu em 1863, quando colocou seu motor em um triciclo.

Esse motor parecia uma máquina a vapor, seu combustível era o gás de hulha ou óleo leve. Sua potência era de apenas 1,5 HP (*horse power* ou cavalo de força).

Mesmo sendo um veículo frágil e sem potência, Lenoir ganhou o Grande Prêmio de Argenteuil graças a ele.

Mas foi em 1862 que Nikolaus August Otto, após fazer experimentos com o motor criado por Lenoir, criou o primeiro motor de quatro tempos, cujos princípios são utilizados até os dias atuais.

Otto, hoje, é conhecido como "o pai dos motores a explosão".

PARA CONHECIMENTO

O gás de hulha é um derivado do carvão mineral, formado por troncos, raízes e galhos. Da forma gasosa torna-se combustível também para iluminação.

VEÍCULOS AUTOMOTORES

Os veículos automotores são divididos em várias partes e, para mantê-las em perfeitas condições de funcionamento, é preciso saber:

Motor: necessita de combustão interna, a fim de fazer com que haja um perfeito funcionamento. Essa combustão é provocada quando a mistura ar/combustível inflama-se e queima.

Veja nas ilustrações abaixo o funcionamento do motor de quatro tempos:

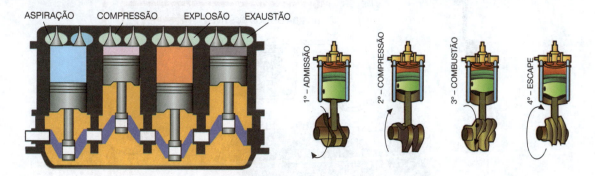

Sistema de alimentação: uma bomba envia o combustível até a cuba do carburador por meio de pressão e através de dutos apropriados. O carburador envia o combustível com a dose certa de ar para o motor para sofrer a explosão. Esse sistema utiliza os seguintes meios:

- **Carburador:** dispositivo que faz a mistura ar/combustível. Sua regulagem é feita manualmente por meio de uma válvula, chamada de "agulha". Esse dispositivo é encontrado em veículos mais antigos.

- **Injeção eletrônica:** a mistura ar/combustível é feita eletronicamente, dispensando regulagem manual. Uma central eletrônica faz o mapeamento dessa mistura enviando-a em quantidades suficientes para alimentação do motor, fazendo com que os veículos sejam mais econômicos e menos poluidores, com partidas mais rápidas, dispensando o uso de "afogadores". Isso pode ser verificado em alguns veículos com as siglas SPI e SFI, que indicam que o veículo possui apenas um bico injetor que alimenta todos os cilindros. Nos veículos em que for observada a sigla MPFI entende-se que para cada cilindro há um bico injetor.

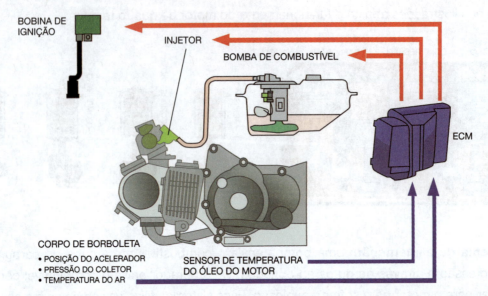

Sistema de arrefecimento: serve para manter a temperatura do motor sob controle, pois o motor a explosão, devido à própria explosão e ao atrito das peças, sofre um aquecimento. Se não houvesse esse sistema de resfriamento, o motor se partiria devido ao superaquecimento.

A água é utilizada como meio de arrefecimento; através de uma bomba d'água, ela circula sob alta pressão nas partes internas do motor, mantendo-o com uma temperatura tolerada pelas peças em funcionamento.

Nesse sistema, o usuário deve ter alguns cuidados, como:

- manter sempre o nível correto de água no reservatório próprio;
- verificar se não há mangueiras ressecadas ou rasgadas para evitar vazamentos;
- verificar se não há correias rompidas;
- se o motor estiver funcionando, desligá-lo e, após 15 minutos, verificar o nível de água no reservatório. Esse tempo estipulado é para que o motor esfrie e a água esteja parada.

Nunca retire a tampa do radiador quando o motor estiver quente, pois haverá uma grande produção de pressão e, com a retirada da tampa, a água ali depositada será lançada para fora do radiador, podendo causar graves queimaduras ao usuário.

A função do radiador no sistema de arrefecimento é fazer as trocas de calor entre ar e água, mantendo o motor e seus componentes numa temperatura de perfeito funcionamento, a fim de que não aqueça demasiadamente e haja dilatação das peças.

A válvula termostática é um "interruptor térmico" que controla a mistura entre a água do radiador (fria) e a água que circula no motor (quente).

A cebolinha é o componente responsável pela ativação da ventoinha, esta nada mais é que um ventilador que, quando ligado, resfria a água que está com a temperatura alta dentro do radiador.

No painel dos veículos há um termômetro que indica a temperatura do motor e informa ao condutor quando essa temperatura, por algum motivo desconhecido, ultrapassa a tolerância.

Sistema de lubrificação: sistema que utiliza óleos vegetais e sintéticos para formar uma camada protetora no interior do motor, evitando que o atrito entre as peças gerado durante o funcionamento não o danifique. Esse óleo, quando circula por dentro do motor, protege as seguintes peças móveis:

- **Comando de válvulas:** é a parte mais alta do motor por onde o óleo passa, e é por essa parte que o óleo é despejado no motor.

- **Cárter:** o óleo se deposita no cárter, onde resfria para novamente voltar a circular no motor.

- **Bomba de óleo:** recolhe o óleo depositado no cárter e o impulsiona para circular no motor.

- **Filtro de óleo:** dispositivo destinado a filtrar o óleo todas as vezes que passa pelo motor.

- **Mancais do virabrequim:** o óleo passa pelos mancais a fim de mantê-los limpos e lubrificados.

- **Pistão:** quando bem lubrificado, o pistão se desloca suavemente sem atrito com a parede da câmara. A boa lubrificação do pistão permite ainda que através dos seus anéis haja uma refrigeração mais eficaz.

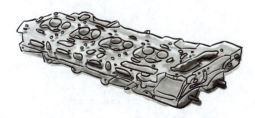

- **Dutos para o cabeçote:** são pequenos canais que conduzem o óleo lubrificante até a parte mais alta do motor (cabeçote) e o levam até a parte mais baixa (cárter).

IMPORTANTE

Quando for verificar o nível do óleo:

- o veículo deverá estar parado em uma superfície plana;
- o motor deverá estar desligado há alguns minutos;
- a vareta medidora deverá ser introduzida totalmente em seu alojamento;
- o nível do óleo deverá estar entre as marcas MÁX e MÍN, da vareta medidora.

Para que a vida útil de seu motor se prolongue, verifique o nível de óleo periodicamente e, quando necessário, troque-o, bem como o filtro.

CUIDADO

Nunca remova a vareta medidora ou a tampa do óleo quando o motor estiver em funcionamento. Isso poderá acarretar em queimaduras graves.

Escapamento: conjunto de canos projetados para unirem-se uns aos outros, fazendo um caminho para a saída de gases queimados do motor. Também tem a função de diminuir os ruídos provocados pelo funcionamento do motor.

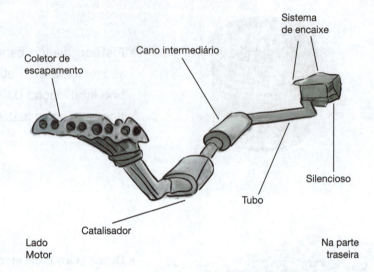

Sistema elétrico: é o conjunto de fios, terminais, sensores, etc. que compõem o veículo automotor. Nos veículos a álcool, gasolina e diesel ele é responsável pela ignição e funcionamento dos acessórios.

Esse sistema é composto basicamente pela bateria, chave de ignição, distribuidor, vela e bobina.

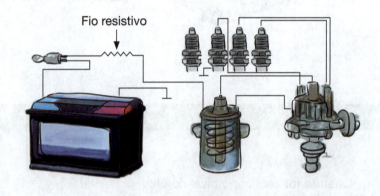

- **Bateria:** dispositivo que retém a energia elétrica produzida e a distribui, fazendo com que haja o perfeito funcionamento dos acessórios elétricos do veículo. Esse equipamento necessita de manutenção constante, observando-se o nível de água para que suas placas internas não sejam danificadas. Há outros tipos de baterias, conhecidas como "seladas", que dispensam a reposição de água.

- **Chave de ignição:** chave elétrica rotativa, dotada de contatos que permitem ligações em dois estágios distintos.

- **Distribuidor:** conduz a corrente de alta voltagem a cada vela dentro do pistão, durante o movimento de explosão.

- **Vela:** componente elétrico que solta a centelha de energia dentro da câmara do pistão, a fim de provocar a explosão da mistura ar/combustível.

- **Bobina ou ignição eletrônica:** componente elétrico que transforma a baixa voltagem em alta.

Motor de partida ou motor de arranque: motor elétrico alimentado por corrente contínua, fornecida pela bateria. Tem por finalidade provocar as primeiras rotações do motor de combustão, até que entre em total funcionamento.

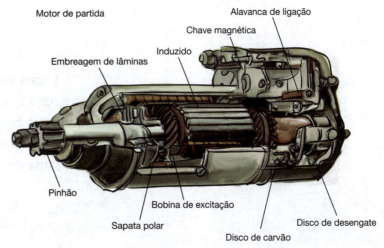

Alternador ou gerador: tem a função de fornecer à bateria uma corrente contínua e intensa, carregando-a constantemente. Quando a luz do painel do veículo relacionada ao gerador acender, pode significar que a correia do alternador pode ter se rompido.

Fusível: protege todo o sistema elétrico em caso de carga excessiva de energia. Quando isso ocorre, o filamento do fusível se rompe impedindo que a carga de energia chegue ao componente ou acessório elétrico do veículo.

Luzes: os faróis do veículo são primordiais, pois quando acesos, principalmente no período noturno, evitam graves acidentes. Incluem-se as luzes do pisca-pisca, de freio, lanternas, indicadores de direção (setas) e de ré. Os faróis do veículo devem ser alinhados regularmente, a fim de que não ofusquem a visão dos outros motoristas.

Luzes de alerta do painel: são os indicadores de todo o sistema elétrico que demonstram no painel do veículo quando estão em funcionamento ou quando algum acessório apresenta defeito.

PAINEL DE INSTRUMENTOS DO AUTOMÓVEL

Velocímetro: indica a velocidade do veículo em quilômetros por hora (km/h).

Odômetro:

- **Parcial** – quando zerado, fornece a quilometragem percorrida pelo veículo em um determinado trajeto.
- **Total** – fornece a quilometragem total percorrida pelo veículo desde a fabricação.

Manômetro: luz que indica a pressão de óleo do motor.

Termômetro: indica a temperatura do líquido de arrefecimento do motor.

Tacômetro (conta-giros): indica o número de rotações do motor.

	Interruptor geral de luzes		Farol baixo		Farol alto		Luzes de posição		Farol de neblina anterior
	Lanterna de neblina traseira		Regulagem de farol		Luzes de estacionamento		Indicador de direção		Luz intermitente de advertência
	Limpador de para-brisa		Lavador de para-brisa		lavador e limpador do para-brisa combinados		Dispositivo limpador de faróis		Desembaçador de para-brisa
	Desembaçador do vidro traseiro		Ventilação forçada		Preaquecimento para diesel		Afogador manual		Lâmpada piloto de funcionamento defeituoso do sistema de freio
	Indicador do nível de combustível		Indicador da carga da bateria		Indicador da temperatura do líquido de arrefecimento do motor		Freio de estacionamento		Limpador do vidro traseiro
	Lavador do vidro traseiro		Limpador e lavador do vidro traseiro		Limpador de para-brisa intermitente		Buzina		Abertura da tampa dianteira do compartimento do motor/bagagem
	Abertura da tampa traseira do compartimento de bagagem/motor		Cinto de segurança		Indicador de pressão do óleo		Gasolina sem chumbo		OBD ou mau funcionamento do motor

SISTEMA DE TRANSMISSÃO

Com o deslocamento do veículo, é criada a energia mecânica. Essa energia chega às rodas por meio do sistema de transmissão, que é composto por:

Embreagem – composta basicamente de um platô e disco, os quais permitem que as marchas se engrenem no eixo de transmissão.

Pedal – responsável pelo acionamento da embreagem.

Cabo da embreagem – é a ligação entre o pedal e a embreagem, que transmite seu acionamento e funcionamento.

Câmbio – tem a função de transmitir maior ou menor força ou velocidade para as rodas do veículo. É também conhecido como "caixa de mudanças".

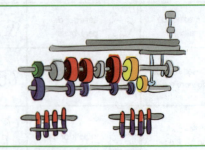

Eixo cardã – equipamento instalado somente em veículos com tração traseira ou nas quatro rodas.

Diferencial – conjunto de engrenagens, em aço, que funcionam entre si, fazendo com que as rodas motrizes desenvolvam rotações diferentes uma da outra, deslocando-se em curvas e mantendo a estabilidade.

Semieixos – fazem a ligação das rodas ao diferencial, efetuando a tração.

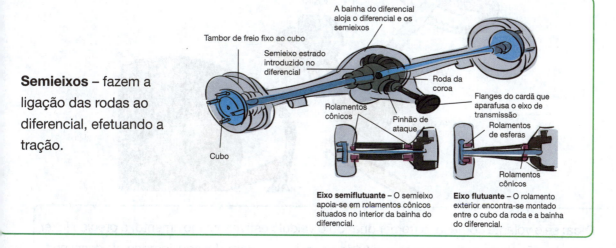

SISTEMA DE DIREÇÃO

Conjunto de órgãos mecânicos que se articulam entre si, fazendo com que as rodas dianteiras do veículo realizem movimentos laterais e permitindo que o veículo faça curvas e estacione. Divide-se em: volante, varão, terminais, caixa de direção e barras de direção.

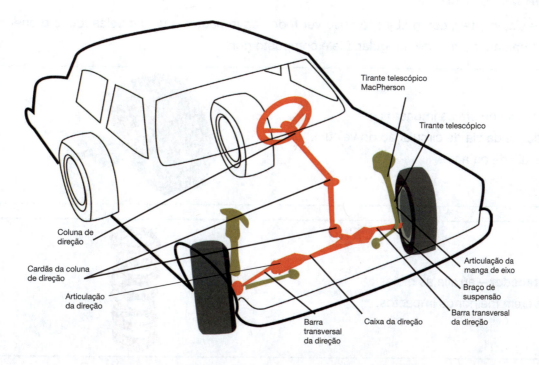

DIREÇÃO HIDRÁULICA

É a combinação do sistema mecânico com um auxiliar, hidráulico, fazendo com que o volante torne-se mais leve ao movimento de rotação, permitindo ao motorista um menor esforço físico, mais conforto e maior dirigibilidade do veículo.

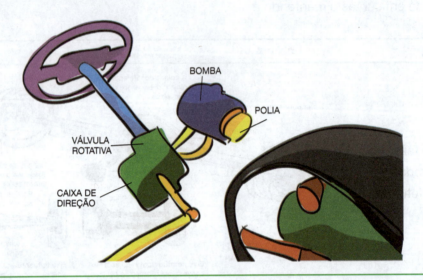

Dica: se o volante começar a tremer quando o veículo estiver em movimento, é preciso fazer uma manutenção. Isso pode acontecer devido às rodas estarem desequilibradas ou desalinhadas. Neste caso, deve-se fazer o alinhamento e balanceamento, e também verificar os pneus, que podem estar desgastados.

SISTEMA DE SUSPENSÃO

Esse sistema tem como objetivo absorver todos os impactos sofridos pelas rodas e pneus decorrentes do contato com o solo irregular. Ele é composto por:

Molas – absorvem os impactos e ondulações da via de circulação do veículo, seja asfaltada ou não.

Amortecedor – auxilia as molas a absorverem melhor os impactos.

Braço da suspensão – realiza a união entre os eixos do automóvel.

> **LEMBRE-SE:**
>
> Ruídos e falta de estabilidade no veículo são sinais de defeito na suspensão.
>
> Esse sistema deve ser revisado periodicamente, pois a segurança de dirigibilidade depende dele.
>
> Os sistemas de suspensão e direção são responsáveis pela estabilidade do veículo nas retas e curvas.

SISTEMA DE FREIOS

Sistema responsável pela redução da velocidade ou parada do veículo. Existe o freio de pedal (freio de pé), usado quando o veículo está em movimento, e o freio de estacionamento (freio de mão), usado quando o veículo está parado e seu condutor não permanecerá em seu interior.

O freio de um veículo pode ser:

A disco – seu funcionamento consiste em duas pastilhas que prendem um disco de aço que acompanha o movimento da roda do veículo.

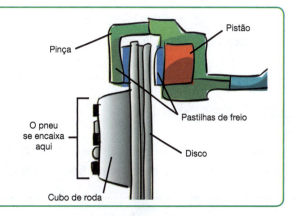

A tambor – a pressão das lonas dentro do tambor faz com que a roda pare de girar quando o pedal do freio é acionado.

> O bom funcionamento desse sistema depende do nível correto do fluido de freio e da manutenção periódica dos discos, do tambor, das pastilhas e lonas de freio.

Os freios também se classificam como:

A ar: funciona a base de ar comprimido, e pode ser monitorado por meio de um dispositivo instalado no painel do veículo. Usado em veículos pesados e de grande porte (como caminhões) – é considerado muito eficiente.

Hidráulico: funciona à base de fluido de freio (óleo de freios). Quando o pedal do freio é acionado, esse fluido é levado para a roda do veículo através de uma tubulação. É utilizado em veículos de pequeno porte.

Hidrovácuo: é semelhante ao sistema hidráulico, somente é acrescido a ele o vácuo, que é responsável pelo aumento da pressão de óleo de freio (fluido). Quando o condutor precisar acionar várias vezes consecutivas o pedal do freio para seu funcionamento, é sinal de que pode haver vazamento desse fluido.

> **Para sua segurança:** todo o sistema de freio deve ser revisado e vistoriado frequentemente.

Freio ABS (*ANTI-LOCK BRAKE SYSTEM*): em português significa sistema antibloqueio de freios. Consiste num sistema que evita o travamento das rodas, não permitindo que se arrastem no pavimento asfáltico ou nas estradas de terra, tanto em condições secas como molhadas.

> **Funcionamento:** uma unidade de controle ligada a quatro sensores é instalada próxima ao motor. Cada sensor é conectado às rodas. Esses sensores medem os pulsos gerados por uma roda dentada e, assim que o pedal do freio é acionado, leem a velocidade que as rodas estão girando. Com essa leitura, é feito o controle de qual roda deve girar mais devagar, gradativamente, até sua parada. Assim, evita-se a derrapagem.

SISTEMA DE RODAGEM

Composto por aros (rodas) e pneus, os quais recebem a rotação do motor do veículo, impulsionando-os e transmitindo o movimento para seu deslocamento.

> Os aros ou rodas são produzidos em ferro, aço ou outros elementos de liga leve.

Os pneus são compostos por carcaça de lonas, banda de rodagem e talões.

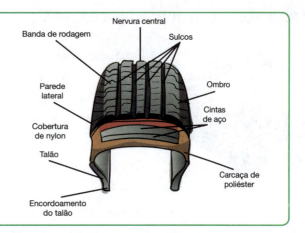

Os pneus são as únicas partes do veículo que fazem contato com o solo. Eles devem estar sempre com sua pressão calibrada, a fim de que rodem uniformemente pelo pavimento. Essa calibragem é indicada pelo fabricante do veículo no manual do proprietário.

O limite de segurança de utilização de um pneu é de 1,6 milímetro, abaixo disso os pneus não garantem a mesma eficiência de parada em caso de urgência ou quando trafegam em local molhado.

Verifique a pressão dos pneus a cada 15 dias quando eles estiverem frios.

O estepe dever ser calibrado com uma pressão maior que os demais, pois como fica na reserva, esvazia-se mais rápido.

Importante: quando houver a troca de apenas dois pneus usados por novos, eles devem ser colocados na parte traseira do veículo. Os mais velhos devem ficar na frente, pois no caso de uma perfuração ou estouro dos pneus velhos quando o veículo estiver em movimento, esse evento não afetará tanto a dirigibilidade até a parada do veículo.

Estrutura do veículo: os veículos são montados sobre um chassi ou monobloco. O nome dado à viga lateral ou barra lateral do chassi é longarina, e sua função é dar rigidez à base da carroceria.

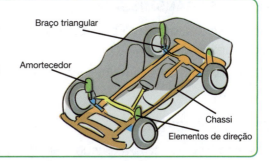

O chassi, ou monobloco, pode ser rígido ou deformável.

Rígido: é feito em aço reforçado e usado na construção das cabines dos veículos, conhecido como "célula de sobrevivência".

Deformável: construído em aço menos duro, é usado principalmente na frente dos veículos, pois se houver um impacto, dobra-se como uma sanfona, absorvendo a energia da colisão.

AIR BAG – EM PORTUGUÊS, BOLSA DE AR

Esse acessório, em caso de impacto do veículo, infla-se e protege o motorista e o passageiro de baterem a cabeça contra o vidro e o painel do veículo. Quando a cabeça ou a parte superior do corpo do ocupante do veículo toca a bolsa de ar, o gás que o infla é liberado e a bolsa é esvaziada.

Outra função do air bag é evitar que o motorista, no momento do impacto, quebre os braços, pois no instante em que infla, força o motorista a soltar o volante, evitando assim uma fratura dos membros superiores.

Esse equipamento deve ser usado em conjunto com o cinto de segurança.

MOTOCICLETAS

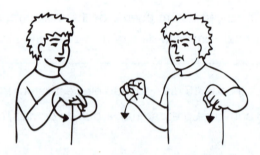

O princípio do sistema de funcionamento do motor a combustão das motocicletas e motociclos é o mesmo que o dos automóveis. As motocicletas têm variação de tamanho e potência do motor, mas seu funcionamento é igual para todas.

A grande maioria delas, pequenas ou grandes, é construída da mesma forma, ou seja, um motor de pistões e forquilhas telescópicas.

SISTEMA DE TRANSMISSÃO

Transmite o movimento e a potência do motor para a roda traseira. É composto por embreagem, caixa de câmbio e corrente.

Esse conjunto deve ser lubrificado periodicamente, principalmente a corrente, a fim de manter sua durabilidade.

SISTEMA DE SUSPENSÃO

As motocicletas, na sua grande maioria, possuem mola helicoidal e amortecedor hidráulico (óleo).

Esse sistema possui a mola e o amortecedor na frente, os quais estão juntos em uma forquilha telescópica. Na parte traseira há uma ou duas unidades de amortecedores e o princípio de funcionamento é igual nos dois casos.

PARTIDA DO MOTOR

- Introduza a chave no interruptor de ignição da motocicleta e gire para a posição ON.

- Antes da partida, verifique: a transmissão deve estar em "ponto morto" (luz indicadora verde do painel acesa).

Motor frio

1- Puxe a alavanca do afogador (1) para a posição ON (A).

(1) Alavanca do afogador

(A) Totalmente acionado
(B) Posição intermediária
(C) Totalmente desativado

2- Pressione levemente o pedal de partida até sentir resistência. Em seguida, deixe o pedal de partida retornar ao início de seu curso.

Com o acelerador ligeiramente aberto, acione o pedal de partida com um único movimento, rápido e contínuo, até que ele chegue ao fim de seu curso. Depois, solte o pedal para que volte à posição inicial.

- Não acione o pedal de partida quando o motor estiver em funcionamento.
- O pedal de partida deve ser acionado sem muita força, a fim de não danificá-lo.
- Após acionar o pedal de partida, volte-o para a posição inicial e o recolha até seu limitador.
- Motocicletas que possuem partida elétrica dispensam o uso do pedal de partida, pois esse movimento é feito pelo motor de "arranque" (moto de partida).

3- Após o pleno funcionamento do motor, coloque a alavanca do afogador na posição B.

4- Aqueça o motor abrindo e fechando o acelerador lentamente.

5- Continue aquecendo o motor até a "marcha lenta" se estabilizar e responder perfeitamente aos comandos do acelerador, passando a alavanca do afogador para a posição OFF (C).

Depois do pleno funcionamento do motor já aquecido, não utilize mais o afogador na partida do motor.

Motor afogado

Se depois de várias tentativas o motor não funcionar, ele poderá estar afogado com excesso de combustível.

Para desafogá-lo, basta desligar o interruptor de ignição, mantendo a alavanca do afogador na posição C. Então, abra totalmente o acelerador e acione o pedal de partida várias vezes. Em seguida, gire a chave de ignição para a posição ON e abra ligeiramente o acelerador. Acione o motor usando o pedal de partida.

COMPONENTES QUENTES

Sempre que tiver que manusear peças do motor da motocicleta, deixe-as esfriarem completamente, a fim de evitar acidentes, como queimaduras, e para que as peças retiradas ou manuseadas superaquecidas, mesmo com auxílio de luvas, não venham a ser danificadas.

DIAGNÓSTICO DE DEFEITOS

Ruído excessivo

- Sistema de escapamento danificado;
- Vazamento dos gases de escapamento.

Motor não dá partida
- excesso de combustível sendo admitido pelo motor;
- filtro de ar obstruído;
- carburador afogado;
- vazamento do ar de admissão;
- combustível contaminado, deteriorado ou sujo;
- não há envio de combustível para o carburador;
- filtro de tela de combustível obstruído;
- tubo de combustível obstruído;
- registrado combustível danificado;
- nível de boia incorreto.

O motor apaga, há dificuldade na partida, a marcha lenta está irregular
- linha de combustível obstruída;
- mau funcionamento da ignição;
- mistura de combustível muito rica ou muito pobre (deve-se ajustar o parafuso de mistura);
- combustível contaminado, deteriorado ou sujo;
- vazamento do ar de admissão;
- marcha lenta incorreta;
- nível incorreto de boia.

Baixo rendimento (dirigibilidade) e consumo excessivo de combustível
- sistema de combustível obstruído;
- mau funcionamento do sistema de ignição.

Direção pesada
- porca de ajuste da coluna de direção muito apertada.

Vibração nas rodas
- folga excessiva dos rolamentos das rodas;
- aro (roda) empenado;
- cubo da roda instalado incorretamente;
- bucha da articulação do braço oscilante excessivamente desgastada;
- chassi empenado.

> **LEMBRE-SE:**
>
> A manutenção da motocicleta deverá ser executada por profissionais especializados conforme as indicações do manual do proprietário.

CAPÍTULO V

MEIO AMBIENTE E CIDADANIA

MEIO AMBIENTE

O meio ambiente é o conjunto de fatores que podem exercer influência sobre os seres vivos, podendo ser naturais, sociais ou culturais. É tudo que nos cerca, seja físico ou biológico.

Nosso meio ambiente é adaptado pelo homem desde os seus primórdios de acordo com a necessidade de modificá-lo para sobreviver; com isso, a Terra vem sofrendo alterações naturais em sua estrutura e em seu clima. O crescimento populacional, o progresso intelectual e industrial, e o aparecimento de novas tecnologias fizeram com que o homem, inconscientemente, degradasse a Terra, modificando-a gradualmente.

A civilização, em sua busca incessante, e às vezes alucinada, pelo progresso, tem contribuído para modificações consideráveis no ecossistema. É possível dizer que se tais atitudes não forem revistas, afetarão muito os seres vivos.

No Brasil, há uma legislação específica para crimes ambientais. Existem dois órgãos governamentais, o Conama e o Ibama, responsáveis pela regulamentação das leis ambientais, a fim de preservar o meio ambiente e, consequentemente, manter uma boa qualidade de vida para os seres humanos. Essa legislação impõe punições a seus infratores, podendo ser amenas ou severas, conforme a monta do crime ambiental cometido. Os crimes ambientais dizem respeito à fauna, à flora, à poluição do ar, à poluição sonora, à poluição dos rios e oceanos e à poluição visual.

POLUIÇÃO DO AR

POLUIÇÃO SONORA

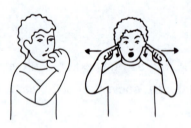 

POLUIÇÃO VISUAL

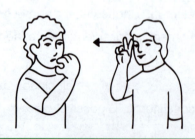 

POLUIÇÃO DOS RIOS

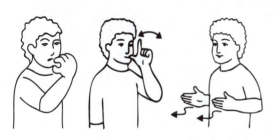

POLUIÇÃO DOS OCEANOS

O Brasil possui uma frota de veículos automotores (automóveis, caminhões e motocicletas) enorme, o que produz uma grande queima de combustíveis e lança no ar diversos gases.

Durante a queima desses combustíveis, é produzido, entre outros, um gás chamado dióxido de carbono, o qual devido ao seu peso não consegue ultrapassar a troposfera (a primeira camada da atmosfera, a partir da superfície terrestre). Ao ficar alojado ali, ele gera junto com outros elementos um fenômeno chamado "efeito estufa".

Uma das formas de amenizar esse problema é usar uma peça na tubulação do escapamento dos veículos, chamada catalisador. Esse dispositivo inibe consideravelmente a emissão de gases no meio ambiente. Mas, infelizmente, o Brasil tem uma frota de veículos em sua grande maioria antiga e, com o custo alto do catalisador, surge a dificuldade dos proprietários em instalar esse aparelho em seus veículos.

Como ocorre o efeito estufa: a Terra recebe a radiação solar e, quando ela atinge a superfície terrestre, não consegue retornar para a atmosfera. Isso acontece devido à espessa camada de dióxido de carbono que fica acumulada a uma altura de 1.000 metros da superfície, na troposfera, que é a primeira camada a partir da superfície terrestre. Essa camada mede cerca de 17 mil metros de espessura.

Os países que se destacam na emissão de gases que provocam o efeito estufa são:
- Estados Unidos: 69%
- China: 11,9 %
- Indonésia: 7,4%
- Brasil: 5,85%
- Rússia: 4,8%
- Índia: 4,5%
- Japão: 3,1%
- Alemanha: 2,5 %
- Malásia: 2,1%
- Canadá: 1,8%

VOCÊ SABIA?

Os bovinos também estão entre os responsáveis pelo agravamento do efeito estufa, por conta da emissão de gás metano que liberam espontaneamente.

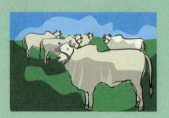

Além do dióxido de carbono lançado no ar através do escapamento dos veículos, os equipamentos de ar-condicionado emitem outro gás prejudicial à atmosfera, chamado Clorofluorcarbono (CFC). Esse gás atinge uma camada da atmosfera terrestre, chamada ozônio, e provoca sua ruptura.

Para conhecimento: o gás Clorofluorcarbono (CFC) é encontrado nos produtos aerossóis (desodorantes e outros) e nos fluidos refrigeradores (gás de geladeiras).

A camada de ozônio funciona como um filtro dos raios solares. Com a abertura dessa camada, os raios ultravioleta emitidos pelo sol atingem a superfície terrestre sem a devida filtragem, provocando, gradativamente, lesões na pele dos seres humanos, podendo até causar câncer.

VOCÊ SABIA?

O desmatamento desenfreado das florestas, matas ciliares, Mata Atlântica e outras áreas de vegetação nativa, tem sido um dos grandes causadores do aumento da poluição no Brasil e no mundo, pois nós dependemos das florestas para renovar o ar que respiramos, e com sua degradação destruímos nosso filtro de ar natural.

A poluição ambiental por gases possui diversos causadores, entretanto, um dos mais agressivos é o produzido pelos automóveis e caminhões, pois emitem vários tipos de gases e deslocam-se constantemente, levando essa poluição para todas as regiões.

Se não houvesse nenhum tipo de poluição, o ar que respiramos seria composto por 78% de nitrogênio, 21% de oxigênio e apenas 1% de gás carbônico e outros gases.

Com o crescimento populacional e o incentivo do governo para a aquisição de automóveis pela população, o número de veículos automotores em circulação tem aumentado consideravelmente. Em consequência, a emissão de gases se amplia e, naturalmente, a camada formada por eles fica mais espessa, provocando o aquecimento no ambiente e acarretando alterações no clima.

Os veículos automotores emitem os seguintes poluentes: monóxido de carbono, chumbo, óxidos de nitrogênio, etano, etileno, propano, butano, acetileno, pentano e dióxido de carbono.

CONSEQUÊNCIAS DA POLUIÇÃO POR GASES EMITIDOS POR VEÍCULOS AUTOMOTORES

A emissão descontrolada de gases dos veículos automotores traz consequências que, com o passar dos tempos, podem ser consideradas até catastróficas. Essas consequências são:

SAÚDE PÚBLICA

Problemas respiratórios e alergias. As crianças são as mais afetadas, podendo no futuro ter uma doença crônica devido à exposição contínua aos gases poluentes.

EFEITOS EM MATERIAIS

A longa exposição pode causar o envelhecimento precoce de materiais ou a corrosão.

CHUVAS ÁCIDAS

As partículas de água nas nuvens, em contato com os gases emanados dos veículos, somados a outros poluentes da nossa camada atmosférica formam ácidos (sulfúrico e nítrico) e, com a precipitação natural das chuvas, esses compostos químicos, ao atingirem o solo e o corpo dos seres vivos, causam problemas diversos.

EFEITO ESTUFA

Fenômeno natural causado pela emissão de dióxido de carbono, que no trânsito é produzido pela queima dos gases dos veículos automotores.

ALTERAÇÕES CLIMÁTICAS

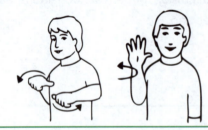

Chuvas em períodos diversos, nevascas fora de temporada em países frios, derretimento das geleiras dos polos, secas e desertificações em regiões onde nunca seria imaginado tal evento.

CUSTOS ECONÔMICOS

As consequências da poluição geram gastos com manutenção das edificações, com o preparo da terra para agricultura e, principalmente, com despesas médicas, na área da saúde pública.

POLUIÇÃO DO SOLO E DAS VIAS

É preciso ter consciência de que o termo poluição não se refere apenas aos gases liberados na atmosfera; os materiais usados na vida cotidiana também provocam poluição.

Vejamos alguns exemplos de materiais que usamos em nossos lares e podem causar poluição, pois sua degradação é lenta e, quando absorvidos pelo solo, podem afetar lençóis freáticos e mananciais de água:

PAPEL — 2 a 5 semanas

PLÁSTICO — mais de 50 anos

FERRO — mais de 100 anos

ALUMÍNIO — 200 a 500 anos

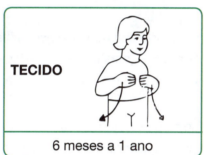
TECIDO — 6 meses a 1 ano

FILTRO DE CIGARROS — 5 anos

CHICLETE — 5 anos

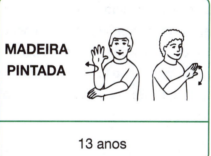
MADEIRA PINTADA — 13 anos

VIDRO — o tempo para degradação é indeterminado

Em relação à manutenção dos veículos, também é preciso ter cuidado quando é realizada a troca de fluidos: óleos de motor, freios, câmbio e hidráulico devem ser acondicionados corretamente e entregues a empresas especializadas para seu refino ou descarte, pois se forem lançados aleatoriamente na natureza certamente contaminarão o solo, chegando até os mananciais de água. O mesmo se pode afirmar do óleo de cozinha que usamos em nosso lar.

Há ainda a poluição das vias de trânsito. Esse tipo de poluição deve-se à falta de educação dos usuários que atiram papéis, restos de comida, latas de refrigerante, etc. pelas janelas dos veículos. E ainda mais nocivos são os cigarros atirados pela janela do veículo em movimento, pois além de poluirem o meio ambiente, podem provocar um incêndio nas margens das rodovias, acarretando graves acidentes devido à fumaça produzida pela queima, podendo estender-se e provocar incêndio nas matas que circundam as rodovias e matando animais silvestres.

POLUIÇÃO SONORA NO TRÂNSITO

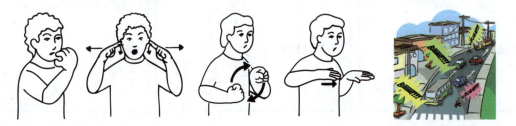

Poluição sonora é a emissão de ruídos que perturbam a comodidade auditiva. Esses ruídos são indesejáveis e desagradáveis.

A exposição exagerada a buzinas sendo acionadas indiscriminadamente, carros de som em volume perturbador, escapamentos danificados ou mesmo modificados propositalmente (chamados vulgarmente de "escapamento aberto") são os fatores primordiais que contribuem para a poluição sonora no trânsito.

A constante exposição a esse tipo de poluição traz problemas de saúde que podem ser irreparáveis como a perda gradual (parcial ou total) da audição, além de causar distúrbios neuropsíquicos, gástricos arteriais e falta de concentração.

Uma das formas mais eficazes para solucionar esse problema seria uma legislação específica e muito rígida para coibir os abusos, e principalmente uma educação de trânsito intensa, realizada nas escolas de forma séria, devendo ser iniciada desde a infância. Assim, a criança poderia tornar-se um adulto consciente de seus direitos e deveres, que respeita o direito coletivo e sabe que jamais deverá perturbar a comodidade auditiva de outras pessoas. Esse ensino desde a base infantil formaria multiplicadores da manutenção da boa qualidade de vida.

POLUIÇÃO DAS ÁGUAS

Nossas reservas de água estão escassas. Os rios e seus afluentes estão cada vez mais poluídos e degradados. Os lençóis freáticos têm diminuído devido à impermeabilização do solo.

O homem tem feito muitas obras em nome do progresso, mas com isso está contribuindo, consciente ou inconscientemente, para a degradação da natureza, pois interfere diretamente no ecossistema, principalmente na pureza e qualidade da água que consumimos.

Os detritos sólidos ou líquidos que são jogados nos terrenos baldios se infiltram no solo ao se deteriorarem, podendo alcançar os lençóis freáticos. Com isso, causam a contaminação da água que bebemos, podendo até, com a constante poluição dos solos, causar a extinção desses lençóis.

A maior parte das indústrias brasileiras, seguindo normas estabelecidas pelo Código Ambiental, tem construído em suas instalações reservatórios para receber os efluentes industriais (esgoto e líquidos provenientes do processo industrial), e esses reservatórios ou tanques servem para tratamento desses fluidos antes de serem lançados nos rios, lagos e represas.

Um dos principais rios do Estado de São Paulo é o Tietê. Ele já foi navegável, rico em vida animal e, há muitas décadas, era um dos principais locais para provas de canoagem. Hoje, o Tietê é um grande exemplo do que o homem é capaz de fazer em nome do progresso, pois por causa do crescimento industrial, o rio está destruído. Sem oxigenação, não há mais vida aquática. O que vemos é um aglomerado de poluentes, substâncias tóxicas que se espalham por quilômetros, transformando a paisagem da cidade de São Paulo em um triste retrato da modernidade.

Mas há pessoas preocupadas com a revitalização do Rio Tietê e que estão desenvolvendo projetos para a sua despoluição para que possa, no futuro, voltar a ter vida aquática e ser usado para a prática de esportes e lazer.

Expedições organizadas por ambientalistas e cientistas têm percorrido toda a extensão do Rio Tietê e constatado que no perímetro urbano a poluição e falta de vida é de 100%, mas saindo da metrópole as águas já demonstram sinais de melhora, e quando alcançam o interior sua pureza e vida são plenas. Nessas regiões ele é utilizado para navegação, transportando produtos e pessoas em passeios turísticos, e também devido à riqueza de sua fauna aquática, mantém os habitantes ribeirinhos com a pesca.

De tudo que nosso corpo necessita para sobreviver, o elemento principal é a água. E precisamos de água límpida e pura para beber. Para podermos ter esse rico bem por muito e muito tempo, é necessário que haja uma consciência ecológica e, no que diz respeito ao trânsito, que evitemos poluir as estradas com detritos sólidos ou líquidos, como óleo derramado no solo, devido à falta de manutenção nos veículos.

MANUTENÇÃO PREVENTIVA DOS VEÍCULOS

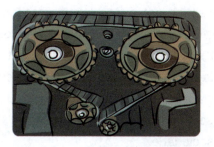

A manutenção preventiva dos veículos automotores colabora para a segurança no trânsito, pois se o veículo estiver em perfeito estado de funcionamento, dificilmente contribuirá para a ocorrência de incidentes ou acidentes.

Tal cuidado também traz outros benefícios, como economia de consumo de combustível, controle de emissão de ruídos (poluição sonora) e controle de emissão de gases (poluição ambiental). Uma das maneiras de manter a manutenção perfeita de seu veículo também está na escolha da oficina mecânica e, principalmente, na escolha das peças, que devem ser originais, havendo necessidade de troca ou reposição.

O Conselho Nacional do Meio Ambiente (Conama) é o órgão regulador de normas para a manutenção do meio ambiente. Por meio de resoluções, ele estabelece padrões operacionais para controle de emissão de gases e da poluição do meio ambiente. Trata, também, de assuntos ligados às normas de vistoria e manutenção dos veículos automotores, independentemente do tipo de combustível que utilizam, fazendo com que os Estados promovam vistorias anuais dos veículos que se encontram em operacionalidade, além de determinar que os irregulares sejam retirados de circulação por não preencherem os requisitos impostos quanto à emissão de poluentes.

CIDADANIA

O indivíduo tem o poder e o livre arbítrio de tomar suas próprias decisões, deliberar sobre o que é certo ou errado para direcionar sua vida; escolher com quem manterá relacionamentos e laços sociais. Indivíduo significa a singularidade de uma pessoa.

O ser humano transforma-se continuamente, podendo ser considerado um "mutante social". Conforme há alterações em seu meio social ou seu espaço geográfico ele molda-se, adapta-se.

A sociedade, por sua vez, é a reunião de indivíduos, os quais interagem em grupos buscando interesses em comum. É claro que cada indivíduo tem a sua personalidade, a sua aspiração pessoal, seu interesse particular, mas, natural e instintivamente, molda-se e aceita que para alcançar seus objetivos na vida terá que auxiliar outros indivíduos do seu meio social a galgarem os seus. Essa união de interesses e convivência mútua forma a sociedade.

O relacionamento interpessoal é a forma com que os seres humanos convivem entre si; suas ambições e frustrações são provocadas por diversas interferências externas. Esse relacionamento é afetado por fatores alheios à vontade do indivíduo, os quais direcionam a vida e as ações das pessoas.

O relacionamento interpessoal no que diz respeito ao trânsito e à cidadania é complexo, pois o ser humano, quando assume a posição de motorista, condutor de um veículo automotor, acredita sobrepor-se aos pedestres, imaginando estar em um patamar superior a eles.

Muitas vezes, o indivíduo desrespeita o direito dos pedestres em nome de uma falsa hierarquia no trânsito. Esse assunto é tratado no Código de Trânsito Brasileiro, fazendo uma profunda reflexão, fixando normas para o bom convívio entre motoristas e pedestres.

Toda ação irresponsável cometida pelo motorista irá gerar prejuízo a outrem, e esse malefício acarretará sanções reparadoras, por meio dos Códigos de Trânsito, Civil ou mesmo Penal, Brasileiro. O cidadão tem a obrigação legal de respeitar o direito da coletividade.

De acordo com a Constituição Brasileira, a sociedade tem amparo legal para assegurar seu direito de ir e vir, mas há que se ter em mente que esse direito não é exclusividade sua, pois ele é estendido a toda a população.

Então, para se ter uma convivência harmoniosa, por exemplo, entre motoristas e pedestres, é preciso haver tolerância e respeito mútuo aos direitos dos demais, pois as leis foram feitas para todos e cada um de nós está inserido nesse contexto.

Afinal, a cidadania se dá pelo simples fato de as pessoas não jogarem lixo pela janela dos veículos e terem outras atitudes de educação e boa conduta, como cordialidade no trânsito.

Essas atitudes são formadas nos indivíduos desde a infância e derivam da educação dada pelos pais ou pelos relacionamentos vivenciados em seu meio social.

A fim de reforçar essa ideia, há a necessidade de se implementar a Educação para o Trânsito na grade curricular dos estabelecimentos de ensino, da infância aos níveis superiores. O objetivo é conscientizar crianças, adolescentes e adultos de que o trânsito é uma extensão do lar e o respeito e a cordialidade, dispensados aos parentes e amigos, devem ser dados também aos pedestres, como se fossem de sua família.

O CADEIRANTE E O TRÂNSITO

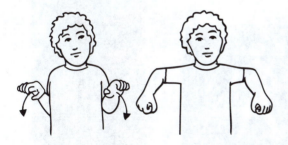

O cadeirante também é peça importantíssima ao trânsito, pois necessita, além de construções urbanas adaptadas às suas necessidades, principalmente, de condutores de veículos automotores conscientes.

ACESSIBILIDADE E RESPEITO

As obras e construções urbanas devem ser adequadas para que o cadeirante tenha acesso total às calçadas, entradas de estabelecimentos, ônibus, etc.

DEFICIÊNCIA VISUAL

As pessoas com deficiência visual ou baixa visão podem transitar normalmente pelas ruas e atravessar cruzamentos onde há semáforos sem solicitar apoio de nenhuma outra pessoa, desde que os responsáveis pelas vias (Prefeituras Municipais) instalem semáforos adaptados. Esses dispositivos possuem um botão especial que, após ser acionado e indicar a cor verde, emite um som contínuo durante 25 segundos, indicando o direito de passagem ao pedestre no cruzamento.

DEFICIÊNCIA AUDITIVA

O sinal internacional para a deficiência auditiva (surdez), indicado abaixo, deve ser colado no para-brisa dos veículos quando necessário.

SÍMBOLOS USADOS INTERNACIONALMENTE

IDOSO
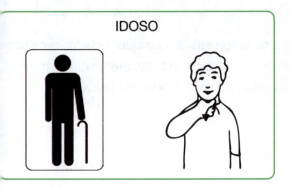

GESTANTE
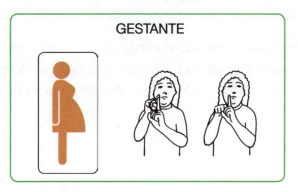

CRIANÇA DE COLO
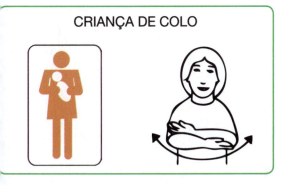

OBESO

RODÍZIO DE VEÍCULOS

Com a finalidade de tentar diminuir a poluição do ar e o fluxo de veículos nos horários de maior movimento em São Paulo, foi criado o rodízio de veículos. Essa iniciativa busca fazer com que os condutores adotem a prática da "carona solidária", ou seja, quem não pode transitar com seu veículo em um determinado dia da semana tem a ajuda de outro condutor cuja circulação do veículo está permitida, fazendo com que haja um menor número de veículos circulando. O cidadão pode valer-se também do uso dos meios de transporte públicos, como ônibus, trens e metrôs.

De acordo com o número final da placa do veículo, este não pode circular por uma determinada região da cidade, conhecida como Centro Expandido, entre às 07h e 10h e 17h e 20h, conforme mostra a tabela:

DIA DA SEMANA	FINAL DA PLACA DO VEÍCULO
Segunda-feira	1 e 2
Terça-feira	3 e 4
Quarta-feira	5 e 6
Quinta-feira	7 e 8
Sexta-feira	9 e 0

A restrição de circulação atinge veículos particulares e de empresas de qualquer cidade, excetuando-se aqueles que realizam funções essenciais, como transporte urbano, escolar, atendimento médico, transportes de produtos perecíveis, ou sejam utilizados por pessoas com deficiência física.

EXERCÍCIOS

Escreva com suas palavras o que é trânsito.

Agora, busque a definição do CTB e escreva-a.

O Sistema Nacional de Trânsito é dividido em dois órgãos. Quais são eles? Quais são suas funções? Como se subdividem?

Escreva sobre o tipo de via e qual a velocidade permitida.

VIAS URBANAS		
	NOME	**KM**

VIAS RURAIS		
	NOME	**KM**

Escreva quais são as classificações dos veículos e ilustre cada uma.

DESENHO	CLASSIFICAÇÃO

Assinale quais são os equipamentos de segurança de uso obrigatório.

CINTO DE SEGURANÇA

INSCRIÇÕES DE CARÁTER PUBLICITÁRIO

INSCRIÇÕES E PELÍCULA

CADEIRINHA

BEBÊ CONFORTO

ESPELHO RETROVISOR

ASSENTO DE ELEVAÇÃO

INDICADORES DE DIREÇÃO

EXTINTOR DE INCÊNDIO

LANTERNAS, FARÓIS E LUZES DE FREIO

Observando as imagens, escreva quais são os requisitos para uma pessoa se habilitar.

Observando as imagens, escreva a que um candidato a adquirir habilitação deverá submeter-se.

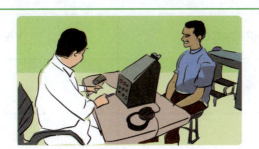

Preencha o quadro abaixo com as categorias em que é possível se habilitar.

CATEGORIA	ESPECIFICAÇÕES	VEÍCULO
A		
B		
C		
D		
E		

As infrações de trânsito são a inobservância das normas de circulação, da boa conduta, do respeito ao outro motorista e aos pedestres. Escreva as penalidades aplicadas.

_____
_____
_____
_____
_____

Agora, escreva quais são as medidas administrativas adotadas pelos agentes de trânsito mediante as infrações.

_____
_____
_____
_____
_____

Preencha o quadro abaixo.

NATUREZA DA INFRAÇÃO	PONTOS	VALOR EM REAIS

Responda:

a) Para um motorista ter sua CNH suspensa, quantos pontos precisa totalizar e dentro de qual período?
_____
_____

b) Entregar a direção do veículo a pessoa com CNH ou permissão para dirigir de categoria diferente da do veículo que esteja dirigindo é uma infração _____, cuja penalidade é _____. O valor da multa é: R$_____.

c) Estacionar o veículo ao lado de outro veículo, em fila dupla, é uma infração _____, cuja penalidade é _____. O valor da multa é: R$_____.

d) Estacionar o veículo nas esquinas a menos de 5 metros do bordo do alinhamento da via transversal é uma infração _____, cuja penalidade é _____. O valor da multa é: R$ _____.

e) Usar buzina prolongada e sucessivamente a qualquer pretexto é uma infração _____, cuja penalidade é _____. O valor da multa é: R$ _____.

Escreva quais são os oito crimes de trânsito que levam o condutor a sofrer processo criminal.

Defina:

ACOSTAMENTO

BALANÇO TRASEIRO

CALÇADA

CANTEIRO CENTRAL

CARREATA

CATADIÓPTRICO

CICLOMOTOR

CICLOVIA

CONVERSÃO

TRÂNSITO

Defina:

DISPOSITIVO DE SEGURANÇA

ESTRADA

FAIXAS DE TRÂNSITO

FOCO DE PEDESTRES

FREIO DE SEGURANÇA OU MOTOR

GESTOS DE TRÂNSITO

ILHA

INFRAÇÃO

LICENCIAMENTO

CAMINHÃO

Defina:

MARCAS VIÁRIAS

ÔNIBUS

PASSAGEM LIVRE

PASSARELA

PASSEIOS

REFÚGIO

RENACH

RENAVAM

UTILITÁRIO

VIA ARTERIAL

Escreva o nome das placas de regulamentação.

(triângulo invertido)	
(seta para cima em círculo)	
(E cortado por X)	
(caminhão com 10 m)	
(carro com seta)	
(seta para cima e para esquerda)	

Escreva o nome das placas de advertência.

➤ (curva à direita)	
🚦 (semáforo)	
(lombada)	
(aclive)	
(estreitamento de pista)	
(pista escorregadia)	
(pedestre)	
(faixa de pedestres)	

Escreva os nomes das placas de serviços auxiliares.

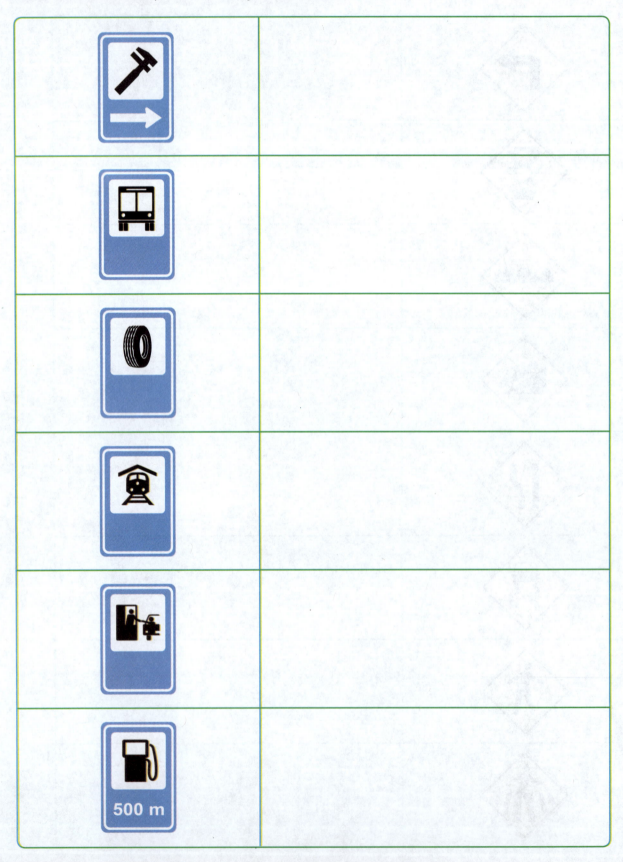

TESTES

1. A suspensão do direito de dirigir dar-se-á ao infrator que somar:
    a) 10 pontos
    b) 20 pontos
    c) 30 pontos
    d) 40 pontos
    e) 50 pontos

2. Compete ao Departamento Estadual de Trânsito (Detran):
    a) Organizar o trânsito nas cidades
    b) Vistoriar, registrar e emplacar veículos
    c) Fiscalizar o trânsito nas vias
    d) Implantar sinalização
    e) Vistoriar os túneis e pontes

3. Conforme o CTB, de acordo com a sua utilização, as vias urbanas abertas à circulação subdividem-se em:
    a) Via de trânsito rápido, via arterial, via coletora e via local
    b) Via preferencial, via local e estrada
    c) Rodovias e via arterial
    d) Via arterial, via coletora e via local
    e) Via de trânsito rápido, via coletora, rodovia e estradas

4. O sinal R-29 significa:
    a) Pedestres andem pela esquerda
    b) Pedestres virem à esquerda
    c) Pedestres andem pela direita
    d) Pedestres virem à direita
    e) Proibido trânsito de pedestres

5. O sinal A-1a significa:
    a) Curva em L à esquerda
    b) Curva em L à direita
    c) Curva acentuada à esquerda
    d) Curva acentuada à direita
    e) Cruzamento de vias

6. O sinal A-41 significa:
    a) Passagem de nível com barreira
    b) Passagem de nível sem barreira
    c) Entroncamento oblíquo à esquerda
    d) Entroncamento oblíquo à direita
    e) Cruz de Santo André

Educação para o Trânsito

Escreva, com suas palavras, o que é direção defensiva.

_____
_____
_____
_____
_____
_____

Agora, busque a definição e escreva-a.

_____
_____
_____
_____
_____
_____

Escreva e explique as duas formas de direção defensiva.

Observando as imagens, escreva quais as condições adversas de iluminação apresentadas e explique.

Observando as imagens, escreva quais são as condições adversas de tempo e explique.

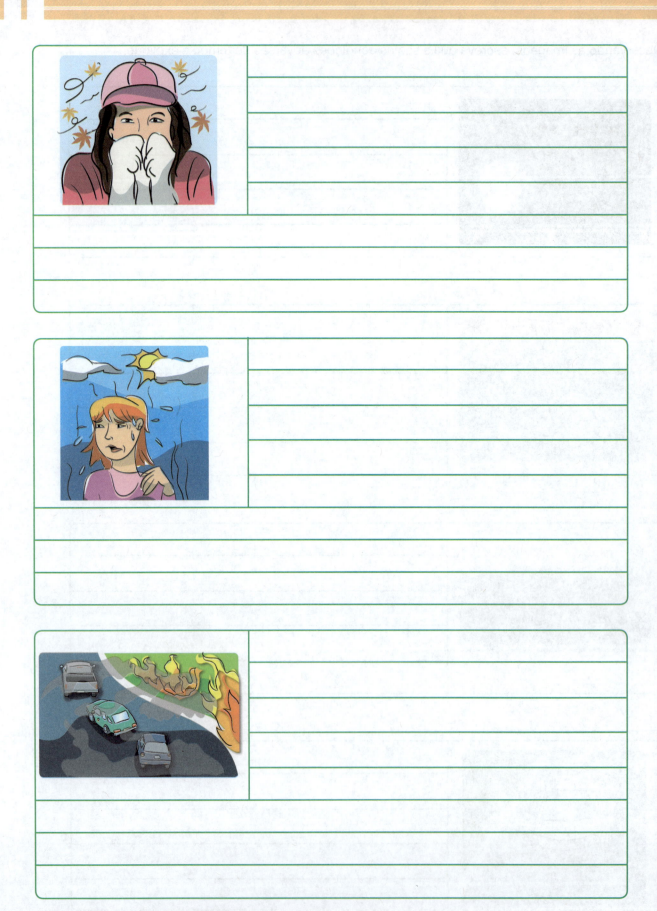

Observando as imagens, escreva sobre as condições adversas de via.

Educação para o Trânsito

Observe as imagens e escreva sobre a condição adversa de trânsito representada:

Observando a imagem, escreva sobre uma condição adversa de veículo.

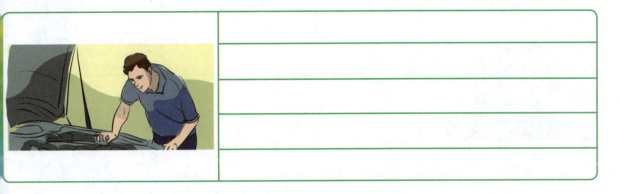

Observe as imagens e escreva sobre as condições adversas de passageiros demonstradas.

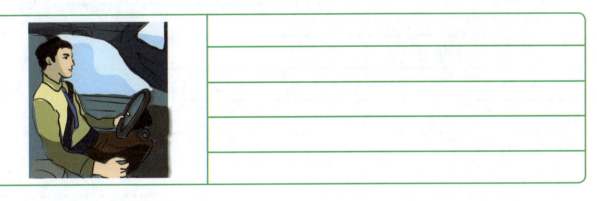

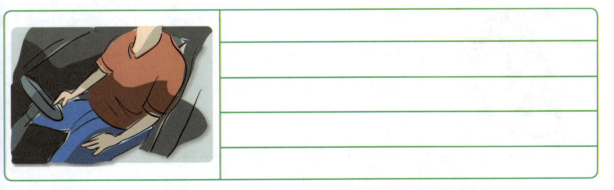

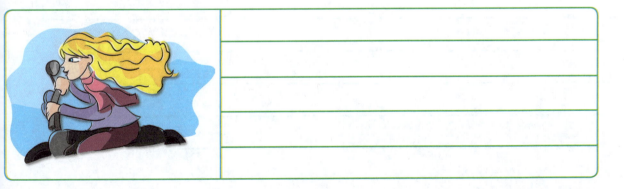

Observando as imagens, escreva sobre condições adversas de condutor.

Observe as imagens e escreva sobre condições adversas de carga.

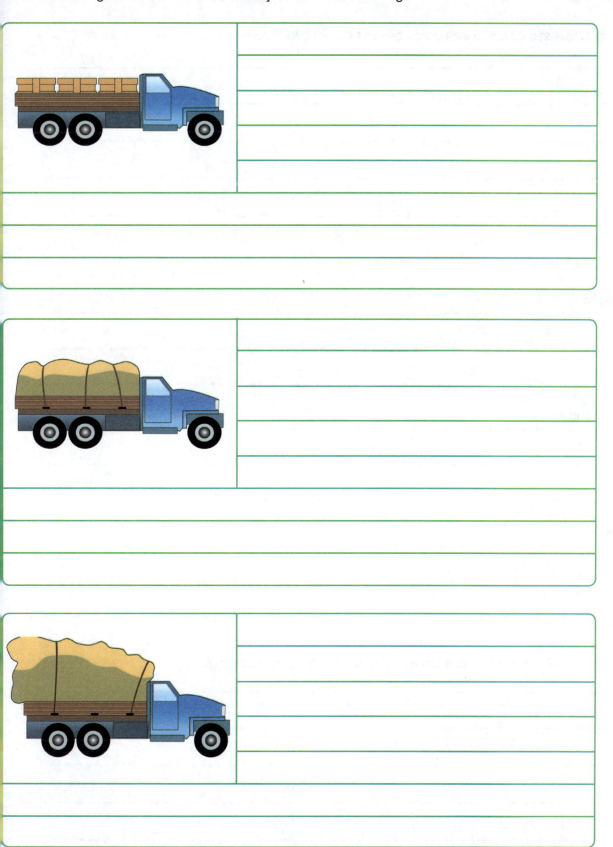

Responda:

a) Quais são os cinco elementos básicos de direção defensiva?
_____
_____
_____
_____
_____

b) Defina:

negligência
_____
_____
_____

imprudência
_____
_____
_____

imperícia
_____
_____
_____

c) Escreva os quatro tipos em que são classificados os acidentes.
_____
_____
_____
_____
_____

Observando as imagens, escreva o tipo de acidente que está sendo apresentado.

273

Explique:

Distância de seguimento

Distância de parada

Distância de frenagem

Distância de reação

Observe as imagens e escreva os tipos de cintos de segurança.

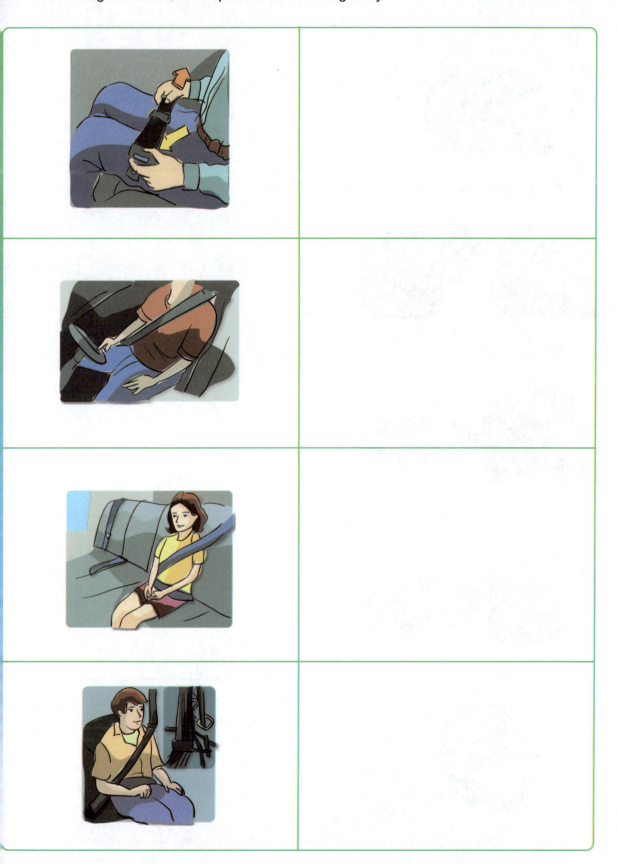

Escreva quais são os tipos de capacetes.

Observando a cena, escreva o que está errado.

Considere as duas imagens, sinalize qual é a maneira correta de usar o espelho retrovisor e explique.

TESTES

7. Dentre as alternativas abaixo, qual está relacionada às condições adversas de via:

    a) Bebidas alcoólicas

    b) Tipo de pavimentação e acostamento

    c) Ingestão de substâncias tóxicas

    d) Neblina e chuvas

    e) Curvas e morros

8. Das alternativas abaixo, qual NÃO se refere às condições adversas de motorista:

    a) Estado emocional, tristezas e alegrias

    b) Medo, insegurança e preocupações

    c) Fadiga, cansaço, sono e pressa

    d) Estado civil e relacionamento familiar

    e) Visão ou audição deficiente

9. Ao perceber que será ultrapassado, o condutor deve:

   a) Sair para o acostamento

   b) Parar o veículo

   c) Acelerar o veículo

   d) Não deixar que seja ultrapassado

   e) Manter ou reduzir a velocidade facilitando a ultrapassagem

10. Nas colisões com o veículo da frente, é correto afirmar que:

    a) O motorista atento e defensivo não evita acidentes

    b) Não há como evitar colisões desse tipo

    c) O motorista atento e defensivo evita acidentes mantendo a distância de seguimento

    d) Deve-se utilizar veículos com freios ABS

    e) Somente os veículos novos conseguem evitar

11. Quais características o condutor de veículo deve possuir para assumir um comportamento seguro no trânsito:

    a) Colocar em primeiro lugar seus direitos

    b) Pensar em si próprio

    c) Nunca abrir mão para o bem comum

    d) As alternativas B e C estão corretas

    e) Prudência e habilidade

12. Considera-se colisão de maior gravidade:

    a) Colisão com o veículo da frente

    b) Colisão com o veículo de trás

    c) Colisão em rodovia

    d) Colisão frente a frente ou frontal

    e) Colisão com objeto fixo

Escreva, com suas palavras, o que são Primeiros Socorros.

_____
_____
_____
_____
_____
_____
_____

Agora, busque a definição e escreva-a.

_____
_____
_____
_____
_____
_____
_____
_____

Escreva quais são os seis procedimentos que devem ser executados diante da ocorrência de um acidente de trânsito.

Escreva qual a distância que deve ser colocada a sinalização de um acidente, conforme o local em que ocorreu.

Vias coletoras	
Avenidas	
Via de fluxo rápido	
Rodovias	

Ao prestar socorro à vítima de um acidente, é preciso fazer uma avaliação primária. Escreva quais são os procedimentos e explique resumidamente cada um.

_____
_____
_____
_____
_____
_____
_____
_____
_____

Observando a imagem, responda qual procedimento está sendo realizado e explique como deve ser feito

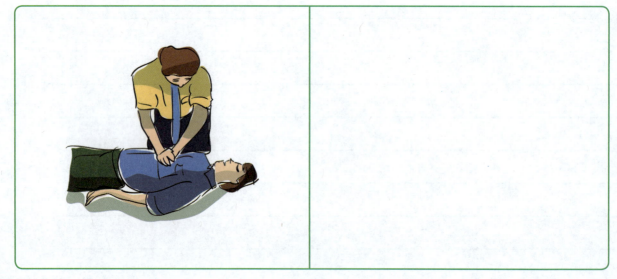

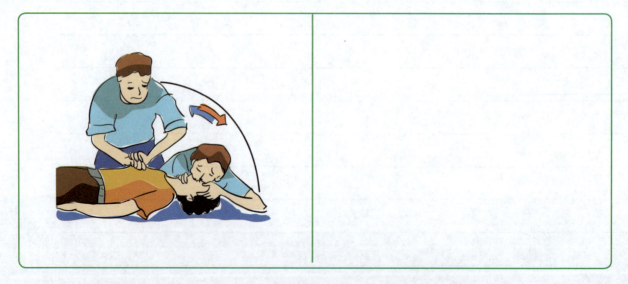

Explique com suas palavras o estado de choque.

Explique com suas palavras o desmaio.

Faça uma explicação sobre convulsão.

Existem quatro tipos de hemorragias, escreva quais são e explique-as.

O que é fratura?

O que é fratura aberta ou exposta?

O que é fratura fechada?

O que é entorse?

O que é luxação?

O que é contusão?

Em um acidente de trânsito, quais são os sintomas que devem ser observados em uma vítima de possível trauma na coluna vertebral?

Quais procedimentos podemos realizar como primeiro socorrista?

Quais procedimentos podemos realizar com uma vítima de traumatismo craniano?

_____
_____
_____
_____
_____
_____
_____
_____

Quais procedimentos podemos realizar com uma vítima de fratura de quadril?

_____
_____
_____
_____
_____
_____
_____

Quais procedimentos podem ser realizados em uma vítima de fratura de costela?

_____
_____
_____
_____
_____
_____
_____
_____

Quais são os tipos de queimaduras? Explique cada uma delas.

Quais são os procedimentos de socorro para:

Ferimento leve ou superficial

Com abdômen aberto

Ferimento no tórax

Ferimento na cabeça

Ferimento nos olhos

Quais são os três tipos de envenenamento? Explique-os.

Escreva o que você sabe sobre a aids.

_____
_____
_____
_____
_____
_____
_____
_____

Agora, pesquise e escreva mais informações sobre a aids.

_____
_____
_____
_____
_____
_____
_____
_____
_____
_____
_____

Preencha no quadro abaixo o que está sendo solicitado:

FORMAS DE TRANSMISSÃO DA AIDS	NÃO OCORRE A TRANSMISSÃO DA AIDS

TESTES

13. Quais os dois tipos de fraturas existentes?

    a) muscular e interna

    b) aberta e fechada

    c) interna e óssea

    d) óssea e muscular

    e) fixa e interna

14. Quais os sintomas das paradas cardíacas e respiratórias?

    a) vômitos e tosse

    b) ausência de pulsação, ausência de movimentos cardíacos e de movimentos respiratórios

    c) sangramento seguido de vômito

    d) sede e frio

    e) pele bem corada

15. A vítima com hemorragia interna NÃO apresenta qual destes sintomas?

    a) frio

    b) sede

    c) suor excessivo

    d) pele descorada

    e) fome

16. A hemorragia dos pulmões caracteriza-se por:

    a) dor de cabeça

    b) dor nos olhos

    c) dor na nuca

    d) golfadas de sangue que saem pela boca, após um acesso de tosse

    e) dor na barriga

17. Quais as áreas do corpo são mais críticas em caso de queimaduras?

    a) pernas, cotovelos e braços

    b) tronco, cabelos e pernas

    c) panturrilha, ombro e pernas

    d) vias aéreas, partes genitais e face

    e) braços, joelhos e cotovelos

18. Em caso de acidente, qual a primeira providência a ser tomada:

   a) sinalizar a área do acidente e chamar o serviço médico especializado

   b) tirar a vítima do veículo

   c) tentar resolver tudo sozinho

   d) não acionar socorro especializado

   e) tentar arrastar o veículo envolvido no acidente

Escreva com suas palavras o que é fogo.

Agora, busque o conceito de fogo e escreva.

Escreva o conceito de combustível, procure imagens em revistas, recorte e cole.

Educação para o Trânsito

Escreva o conceito de comburente, procure imagens em revistas, recorte e cole.

O que é ignição? Explique, procure imagens em revistas, recorte e cole.

Explique o que é reação em cadeia, depois, procure imagens em revistas, recorte e cole.

Quais são as três formas de se apagar ou extinguir as chamas do fogo? Explique cada uma delas.

Pesquise e preencha o quadro da classificação do fogo.

CATEGORIA	MATERIAL	MÉTODO DE EXTINÇÃO	EXTINTOR
A			
B			
C			
D			
E			

Observando as imagens, escreva qual o tipo de extintor.

Escreva três dicas para uso e armazenamento de extintores de incêndio.

Escreva o que devemos fazer para prevenir incêndios em veículos.

Observando as imagens dos cuidados no abastecimento de GNV, escreva o que cada uma representa.

Observe as imagens e escreva seu nome corretamente.

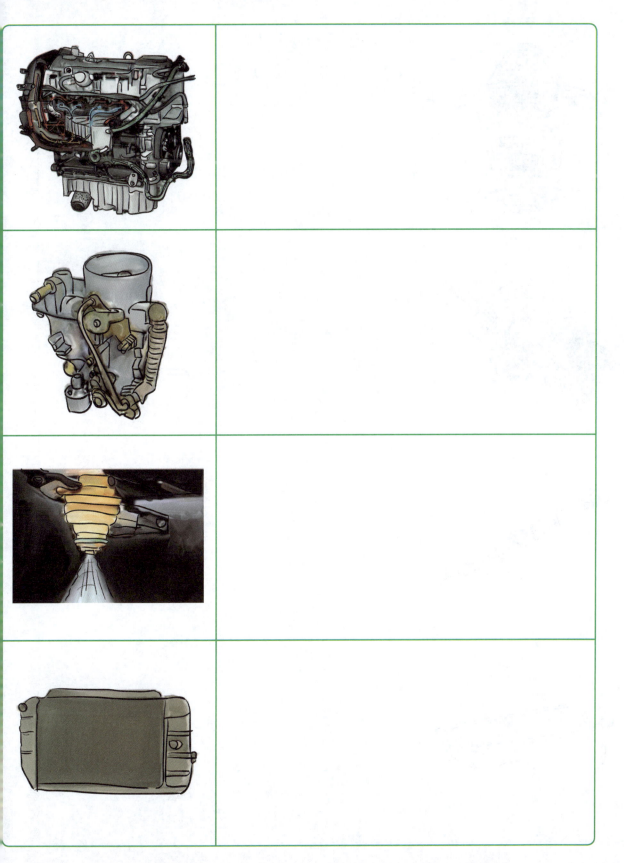

Observe as imagens e escreva os nomes correspondentes.

Observe as imagens e escreva os nomes correspondentes.

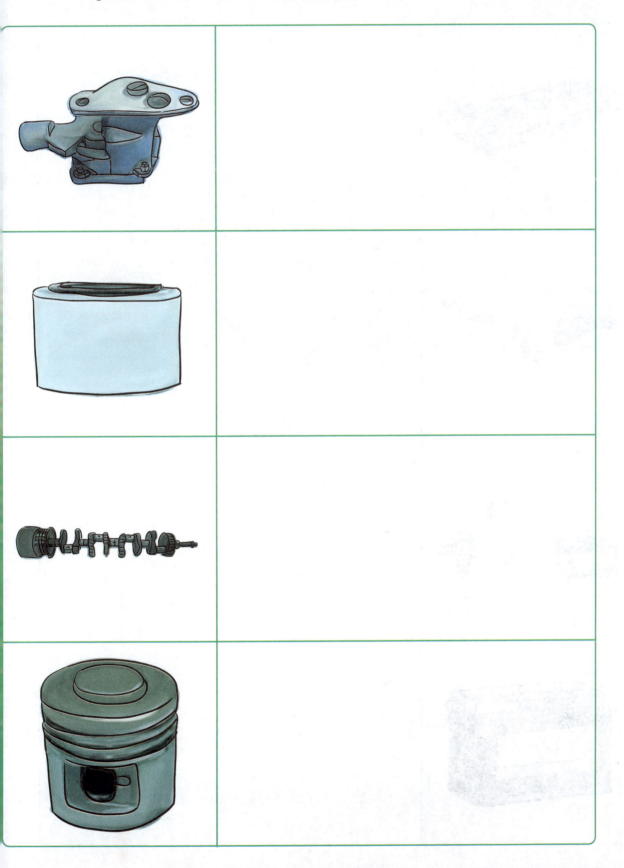

Observe as imagens e escreva os nomes correspondentes.

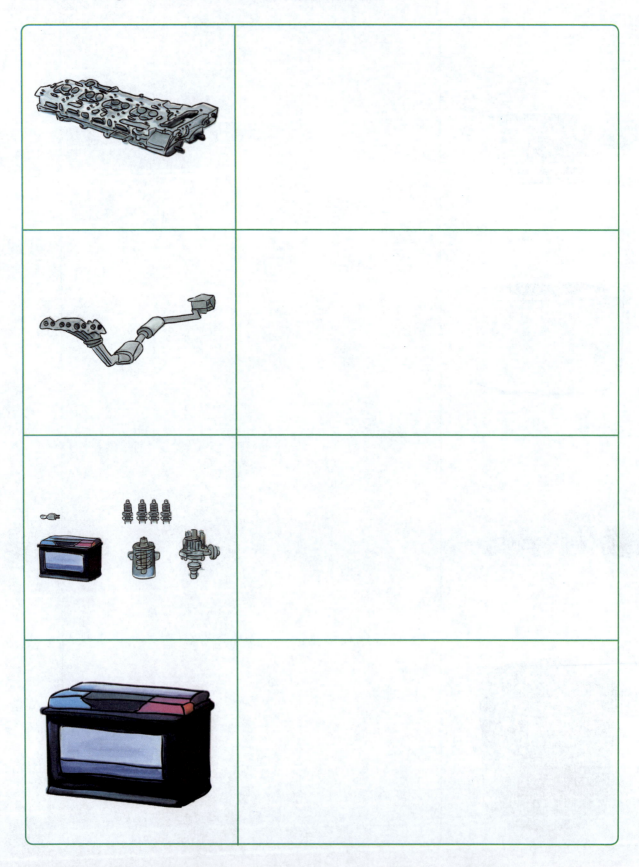

Observe as imagens e escreva os nomes correspondentes.

Observe as imagens e escreva os nomes correspondentes.

Observe as imagens e escreva os nomes correspondentes.

Observe as imagens e escreva os nomes correspondentes.

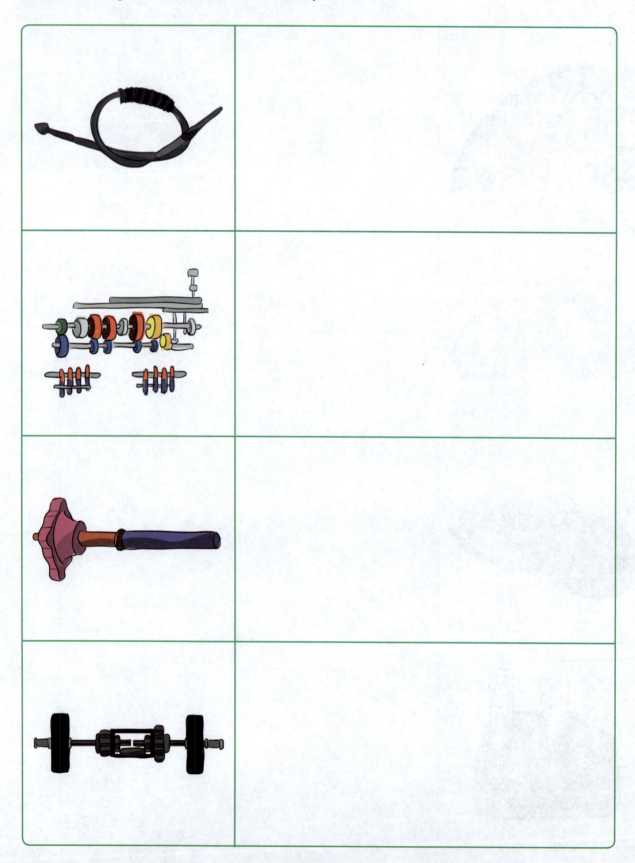

Observe as imagens e escreva os nomes correspondentes.

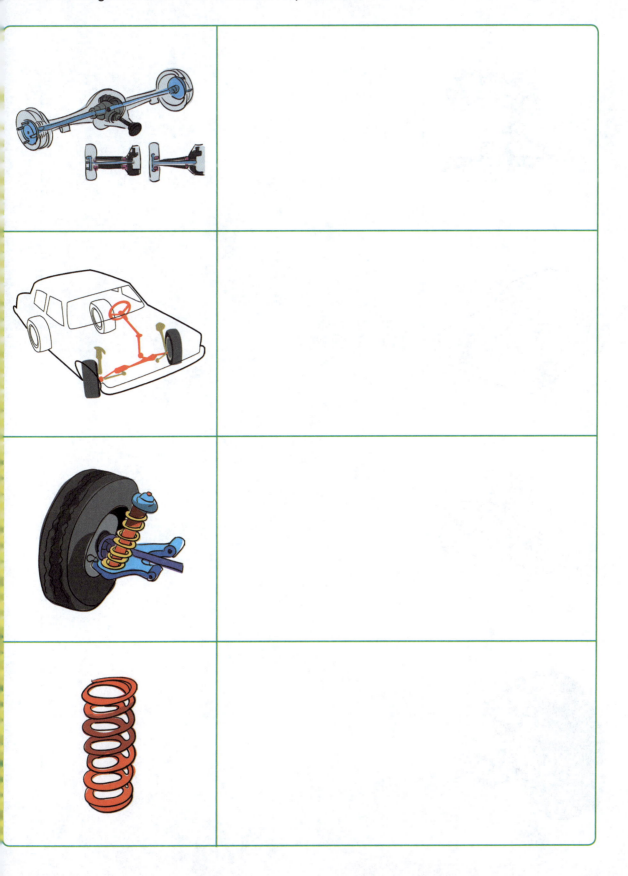

Observe as imagens e escreva os nomes correspondentes.

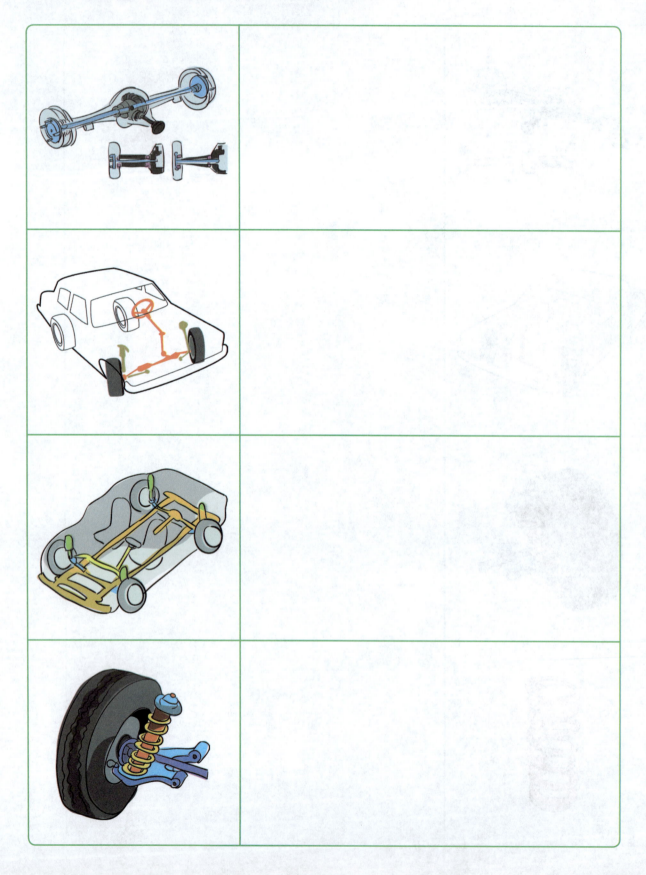

Observe as imagens e escreva os nomes correspondentes.

Observe as imagens e escreva os nomes correspondentes.

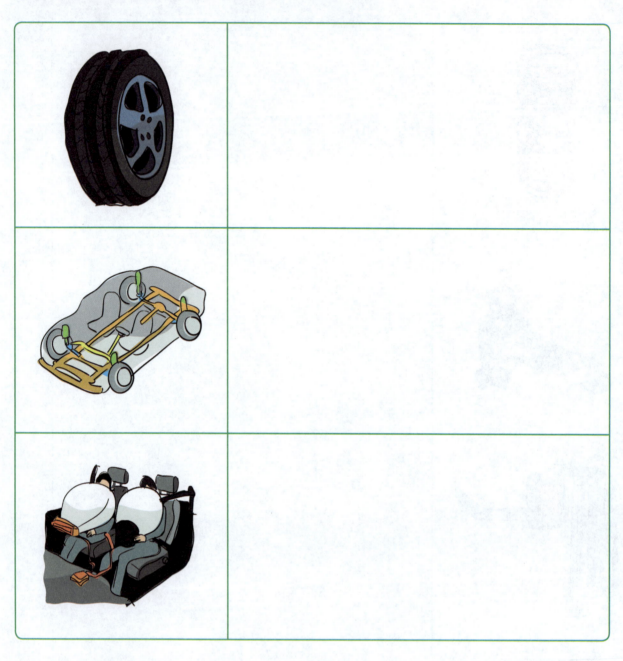

Os freios se classificam em três modalidades, escreva quais são e explique.

_____
_____
_____
_____

Os freios se classificam em três modalidades, escreva quais são e explique.

O sistema de transmissão de uma moto é composto por:

Os sistemas de suspensão, na grande maioria, possuem:

Descreva os procedimentos que devem ser realizados quando o motor de uma motocicleta estiver frio.

Escreva e explique cada diagnóstico de defeito.

TESTES

19. O painel de instrumentos do veículo deve receber atenção constante. O que indica quando uma luz de advertência está acesa:

    a) excesso de velocidade
    b) freios desregulados
    c) trepidação no volante
    d) pneus gastos
    e) sinal de anormalidade em algum sistema do veículo

20. A formação adequada da mistura ar/combustível, que é admitida no interior dos cilindros, é função do:

    a) sistema elétrico
    b) sistema de freio
    c) sistema de direção
    d) sistema de carburação
    e) sistema de arrefecimento

21. A durabilidade dos pneus depende de várias condições, mas um fator determinante para isso é:

    a) trafegar devagar
    b) balancear o chassi do veículo
    c) fazer rodízio dos pneus duas vezes por semana
    d) sempre conferir o alinhamento e balanceamento das rodas
    e) evitar frear o veículo

22. A injeção eletrônica é um sistema controlado por um módulo eletrônico de comando, e é responsável pela mistura ar/combustível. Os modelos de injeção eletrônica são diferentes um dos outros em função do número de:

    a) bicos de lubrificação
    b) bicos de cilindros
    c) bicos de arrefecimento
    d) bicos de ignição
    e) bicos injetores

23. Quando for necessário acionar o pedal do freio várias vezes para ele funcionar, pode ser um indício de que:

    a) existe vazamento de fluido no sistema e é necessário reparo urgente
    b) a mola do freio perdeu a ação
    c) os pneus estão descalibrados
    d) o disco do freio está esquentando
    e) o pedal está solto

24. Carcaça de lonas, banda de rodagem e talões são partes que compõem:

    a) o sistema de embreagem
    b) a roda do veículo
    c) a caixa de transmissão
    d) o motor de partida
    e) o pneu

Educação para o Trânsito

Escreva com suas palavras o que é meio ambiente.

_____
_____
_____
_____
_____

Agora, busque a definição e escreva-a.

_____
_____
_____
_____
_____

Identifique o tipo de poluição representado na imagem e explique-o.

Identifique o tipo de poluição representado na imagem e explique-o.

Identifique o tipo de poluição representado na imagem e explique-o.

Identifique o tipo de poluição representado na imagem e explique-o.

Identifique o tipo de poluição representado na imagem e explique-o.

Educação para o Trânsito

Observando a imagem, escreva o que você entendeu.

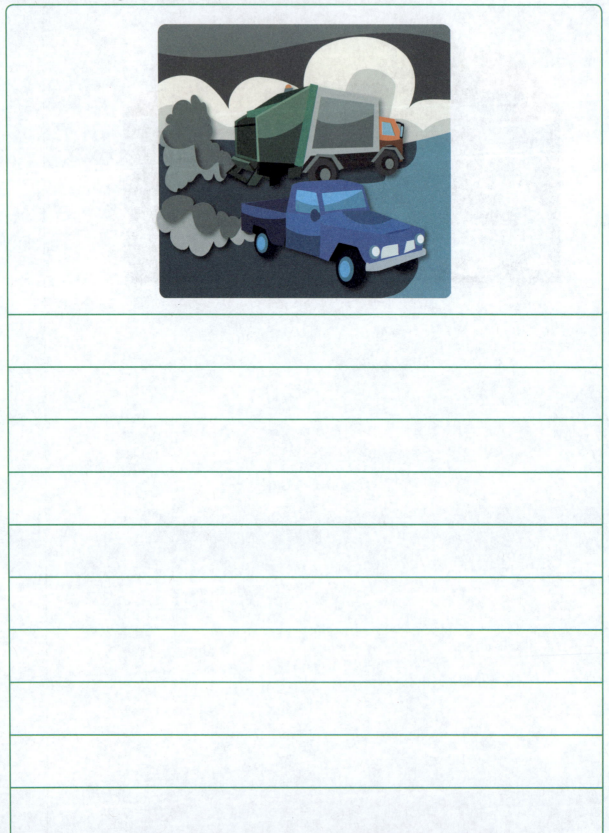

Explique o que é o efeito estufa.

Explique o que é clorofluorcarbono e o que ele causa no ambiente.

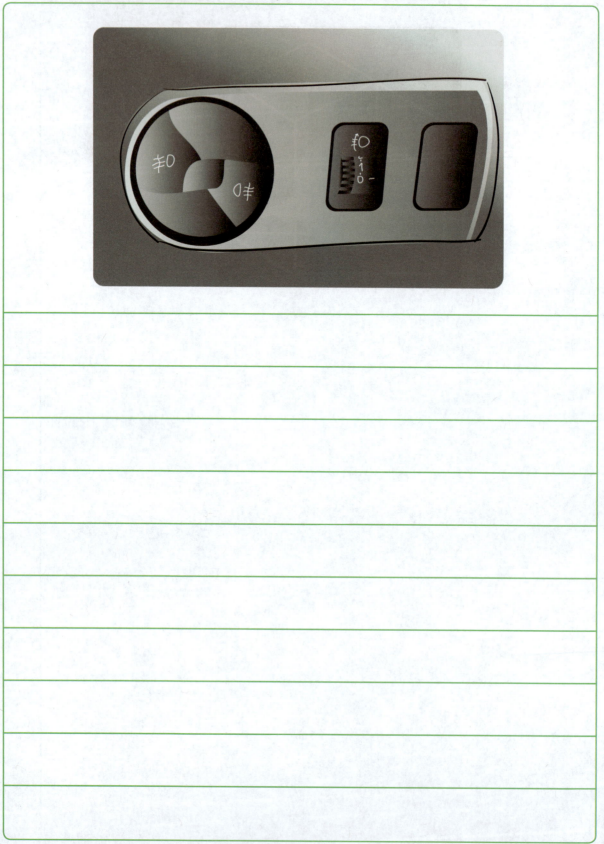

Escreva quais são os poluentes que nossos veículos emitem.

A emissão descontrolada de gases pelos veículos traz consequências graves. Explique quais são elas.

Saúde Pública

Efeitos em materiais

Chuvas ácidas

Efeito estufa

Alterações climáticas

Custos econômicos

Preencha a tabela abaixo.

MATERIAL	TEMPO DE DEGRADAÇÃO
PAPEL	
PLÁSTICO	
FERRO	
ALUMÍNIO	
TECIDO	
FILTRO DE CIGARRO	
CHICLETE	
MADEIRA PINTADA	
VIDRO	

Escreva o que representam os símbolos abaixo:

TESTES

25. Poluição sonora é:

   a) roncos de motor, escapamento aberto, alarmes, buzinas, sons estridentes, etc.

   b) fumaça dos escapamentos

   c) fumaça dos pneus

   d) filtro de óleo velho

   e) lonas de freio usadas

26. Uma arborização urbana bem planejada pode auxiliar e promover um trânsito mais humano, pois:

   a) influencia a saúde física, mas não a mental, dos indivíduos

   b) não influi na saúde física e sim na saúde mental dos indivíduos

   c) piora o humor e o clima local

   d) prejudica a saúde dos condutores

   e) influencia a saúde física e mental dos indivíduos

27. O que é cidadania?

   a) são as leis de quem mora na cidade

   b) é o direito de falar o que quiser

   c) é aquele cidadão que prestou serviço militar

   d) é o direito somente de crianças e idosos

   e) é o direito à proteção, de ser reconhecido e tratado com dignidade, sem preconceito, com direitos políticos, civis e justiça

28. Para praticar a educação no trânsito, deve-se:

   a) ignorar todos ao redor

   b) buzinar insistentemente

   c) pensar só em você

   d) chegar sempre primeiro

   e) fazer uso da comunicação amigável, avisar e ajudar

29. Ser solidário e cortês no trânsito significa:

   a) respeitar somente os condutores de veículos novos

   b) buzinar seguidamente para poder passar

   c) não ajudar ninguém

   d) parar na faixa de pedestre

   e) respeitar os direitos dos outros usuários das vias e ser tolerante com eventuais ações indevidas

30. Para que haja harmonia no trânsito, é necessário:

   a) desconhecer as regras de circulação e conduta

   b) conhecer e cumprir as regras de circulação e conduta

   c) pensar somente em você

   d) ser compreensivo

   e) resolver tudo no grito

GABARITO DOS TESTES

1	B	16	D
2	B	17	D
3	A	18	A
4	E	19	E
5	C	20	D
6	E	21	D
7	B	22	E
8	D	23	A
9	E	24	E
10	C	25	A
11	E	26	E
12	D	27	E
13	B	28	E
14	B	29	E
15	E	30	B